Einhundert chinesische Kurzgeschichten

Prof. em. Dr.-Ing. habil. Univ.-Prof. h. c. (CN)
Klaus Lochmann (Hrsg.)

Dr.-Ing. Ran Zhang

中國小故事
一百篇

Einhundert chinesische Kurzgeschichten

Prof. em. Dr.-Ing. habil.
Univ.-Prof. h. c. (CN)
Klaus Lochmann (Hrsg.)
Dr.-Ing. **Ran Zhang**

Die Bibliografische Information der Deutschen Bibliothek

Die Deutsche Bibliothek verzeichnet diese Publikation in der Deutschen Nationalbibliografie; detaillierte bibliografische Daten sind im Internet über www.d-nb.de abrufbar.

Illustrationen: Prof. Klaus Lochmann
© 2017
Herstellung und Verlag: BoD - Books on Demand, Norderstedt

ISBN 978-3-7431-5201-4

Inhaltsverzeichnis

Einleitung und Vorbetrachtungen 9

1. Das innere Gesetz 12
2. Vom Nutzen vieler Worte 13
3. Die schöne und die hässliche Konkubine 14
4. Unangemessene Bescheidenheit 14
5. Falsches Heldentum 16
6. Das letzte Wort hat der Sieger 17
7. Das Studium der Schritte 17
8. Ein Volk im Wahnsinn 18
9. Menschen mit Kröpfen 19
10. Ein Heilmittel gegen Diebstahl 20
11. Die Leiden eines Blinden 22
12. Das Begräbnis von Dschuang Dsi 23
13. Der Streit der Blinden 24
14. Den Blinden geht es gut 25
15. Schwarze Perlen 26
16. Ein eitler Pfau 27
17. Der bescheidene Privatlehrer 28
18. Ein hochmütiger Ehemann 29
19. Ein kleiner Beamter betrügt seinen Minister 31
20. Vom Kanzler, der gern Fisch aß 32
21. Das Siegel eines unbestechlichen Beamten 33
22. Warum Fu Tun seinen eigenen Sohn töten lässt 36
23. Ein aufrichtiger Mann 37
24. Die Angst eines hässlichen Mannes 38
25. Der Gesandte mit der weisen Zunge 39
26. Der Vergleich zwischen einem Jade- und einem Tongefäß 41

27. Ein Mittel zum Erreichen der Unsterblichkeit 42
28. Eine Methode zur Auferweckung von Toten 44
29. Das Gravieren von Affen auf einer Dornenspitze 44
30. Die Kunst des Stehlens 46
31. Wie Bian Zhuangzi zwei Tiger tötete 49
32. Das Spiel mit den Möwen 50
33. Warum Yang Bu seinen Hund schlagen wollte 51
34. Der Tod eines Fasans 52
35. Der Fasan und die Schlange 53
36. Der Papagei und die Grille 54
37. Wie ein Affe einem Tiger schmeichelt 55
38. Der Jadeklumpen 56
39. Der „Bian- He"-Jadestein 58
40. Wenn die Lippen faulen, werden die Zähne kalt 59
41. Schatten am Tag und in der Nacht 62
42. Die Flucht vor dem eigenen Schatten 59
43. Der Holzschnitzer 64
44. Vom Nutzen eines Vergleiches 66
45. Wie der Vater, so die Söhne 67
46. Ein König, der sich nicht heilen lassen wollte 68
47. Ein Mittel gegen den Tod 70
48. Warum einer schönen Frau die Nase abgeschlagen wurde 71
49. Der letzte Rat eines weisen Kanzlers 73
50. Mit fernen Wassern ist ein naher Brand nicht zu löschen 74
51. Zwei Empfehlungen eines Weisen 77
52. Die Begegnung Niu Ques mit Räubern 78
53. Der Verlust eines Gewandes 79
54. Das Gespenst 80
55. Wie der Gelehrte Chengyang Nü einen Brand löschen wollte 82
56. Eine Gottesanbeterin will einen Pferdewagen anhalten 83

57. Die Furcht eines Frosches 84
58. Ein Gastmahl bei dem bekannten Dichter Su Dongpo 85
59. Wann kennt man einen anderen Menschen wirklich? 87
60. Ein wahrer Liebhaber von Antiquitäten 88
61. Der Preis für eine Laute 90
62. Eine Tyrannei ist grausamer als ein hungriger Tiger 92
63. Frauen, die sich als Männer verkleiden 93
64. Zwei Heiratsanträge 95
65. Ein geschickter Bogenschütze 96
66. Der Verkauf eines Pferdes 97
67. Die Schildkröte 98
68. Der Mann, der sich als Tiger verkleidete 99
69. Die Rettung eines ertrinkenden Tigers 101
70. Die Opferschweine 102
71. Glück im Unglück 103
72. Wahrheit und Lüge 106
73. Die verhinderte Tötung eines Vogelwächters 107
74. Die Entlassung eines Beamten 108
75. Ein verhinderter Beamter 109
76. Eine bemerkenswerte Idee des Kanzlers des Staates Qi 110
77. Der kluge Beamte von Pucheng 111
78. Der geizige Alte 112
79. Ein Kaufmann, der sein Versprechen nicht hielt 113
80. Gespräche mit Tieren 115
81. Ein Mönch und ein Sperling 117
82. Die Spinne und die Seidenraupe 117
83. Ein Mann und ein Tiger 119
84. Die Katze, die Mäuse und Hühner fing 119
85. Es gibt keine guten Katzen mehr auf der Welt 121

86. Die kranken Augen eines Hundes 121
87. Die Fehlschüsse des Bogenschützen Hou Yi 122
88. Die Freude der Fische 123
89. Der Moskito und der Tod eines Kahlköpfigen 124
90. Warum Qiu Jun einen Mönch schlug 125
91. Der Schatz aus dem Meer 127
92. Der Flutdrachen aus der Residenz Luoyang 129
93. Der neunköpfige Vogel 130
94. Die Beratung des Fürsten 131
95. Konfuzius schlichtet einen Streit zwischen Vater und Sohn 132
96. Der königliche Mensch 136
97. Drei Könige 137
98. Ein Bündel Pfeile 138
99. Zan Junmo fängt einen Pfeil mit dem Mund auf 138
100. Der Tod des wasserspeienden Räubers 140

Einleitung und Vorbetrachtungen

Innerhalb der chinesischen Literatur sind scherzhafte, tragische, bizarre, nachdenkliche oder paradoxe Kurzgeschichten von besonderer Bedeutung. Es werden in zeitlicher Hinsicht nicht begrenzte Wahrheiten, Ergebnisse oder Erkenntnisse dargestellt, deren Gültigkeit bei näherer Prüfung nicht auf China begrenzt ist. Die vorliegenden Kurzgeschichten wurden von den Verfassern aus dem ausgesprochen umfangreichen Fundus chinesischer Geschichten ausgewählt, übersetzt und zum besseren Verständnis darzustellender Inhalte derzeit üblichen Regeln der deutschen Sprache angepasst. Dabei wurde eine weitestgehende Kongenialität mit den chinesischen Texten gesichert. (Ausnahmen davon sind die Texte von Dschuang Dsi, bei denen Übersetzungen von P. Kobbe, *The Way of Chuang Tzu*, New Directions, N. Y., 1965, verwendet wurden.)

In jedem Fall erhalten blieben die

- bemerkenswerte Klarheit, Verständlichkeit und Weisheit der Originaltexte,
- überzeugende Einfachheit der in der Regel kurzen Dialoge,
- fundamentalen Einsichten weiser Menschen,
- aktuelle Gültigkeit der teilweise etwa 2500 Jahre alten chinesischen Denkungsart.

Anliegen der vorliegenden Broschüre soll sein, Leserinnen und Leser, welche z. B. als Geschäfts- oder Urlaubsreisende nach China kommen oder auch ausschließlich persönliches Interesse an chinesischer Lebens- und Denkungsart besitzen, durch meditative Aneignung zu neuartigen Erkenntnissen, Einsichten und Weisheiten gelangen zu lassen. Darauf fußend, wäre zu prüfen, ob Geisteshaltungen wie Schlichtheit, Bescheidenheit, Ehrlichkeit, Zurückhaltung oder Stille nicht zu dringend erforderlichen Veränderungen derzeit üblicher, eher destruktiver „Zeitgeistauswüchse" wie Egoismus, überzogener Ehrgeiz, gedankliche Bedeutungslosigkeit, fehlende Würde und Achtung, Geringschätzung allgemeiner Bildung ... geeignet sein können.

Bemerkenswert ist, dass die hier zu erkennende Menschlichkeit als unerschöpflicher Gegenstand auch in deutschen Denk- und Wertvorstellungen vorhanden sind, denn „Unwissenheit lässt sich nur durch Bescheidenheit und Gelehrigkeit einigermaßen entschuldigen. Auch sollte es als verwegen gelten, Dinge beweisen zu wollen, die man nicht kennt, und unendlich verwegener, der universellen Allmacht Grenzen setzen zu wollen." (Friedrich II., preußischer König; 1712 – 1786)

Die Skizzen und Zeichnungen wurden vom Herausgeber nach zeitgenössischen Vorlagen bekannter chinesischer Motive angefertigt.

Die graue Farbe der Umschlagseiten steht nach traditionellem chinesischen Verständnis für Wohlbefinden, Glück und Zufriedenheit.

Die Verfasser

1. Das innere Gesetz

Wer sein Gesetz in sich selbst trägt, der wandelt im Verborgenen. Lob und Tadel haben keinen Einfluss auf sein Tun.
Wer sein Gewissen außerhalb seiner selbst trägt, der richtet seinen Willen auf das, was sich seiner Kontrolle entzieht und danach trachtet, seine Macht über die Dinge auszuweiten.

Wer im Verborgenen wandelt, der hat Licht, welches ihn führt, bei allem, was er tut. Wer danach trachtet, seine Macht zu vergrößern, ist nichts als ein armer Tor. Er glaubt wohl andere zu übertreffen, doch diese sehen nur, welche Verrenkungen er vollführt, um auf Zehenspitzen stehen zu können.

Immer wenn er bestimmte Dinge in seine Gewalt zu bringen versucht, gewinnen ebendiese Kontrolle über ihn selbst.
Wer sich von den Dingen beherrschen lässt, dem entgleitet sein inneres Ich.

Schätzt er sich selbst nicht mehr, wie können ihn dann andere schätzen? Schätzt er die anderen nicht mehr, dann ist er am Ende selbst einsam und verlassen, dann hat er alles verloren!
Keine Waffe ist so gefährlich wie der Wille. Das schärfste Schwert kommt ihm nicht gleich.

Kein Räuber ist so gefährlich wie die Natur, wie Yang und Yin. Aber die Natur richtet keinen Schaden an, sondern nur der menschliche Eigensinn.

Dschuang Dsi (4. – 3. Jh. v. Chr.)

2. Vom Nutzen vieler Worte

„Was nützt das viele Reden den Menschen?", fragte Ziqin einst den weisen Mo Zi.
„Auch die Frösche quaken, die Fliegen und Bienen summen den ganzen Tag über ohne Pause", antwortete Mo Zi.
„Ja, aber niemand will sie hören, auch wenn sie sich die Kehlen heiser schrien. Bei Hähnen ist es anders. Wenn sie im Morgengrauen krähen, dann wecken sie damit die Menschen aus dem Schlaf und rufen sie zum Tagewerk.
Was vieles Reden nützt, ich weiß es auch nicht. Wichtig ist nur, dass man zur richtigen Zeit die rechten Worte sagt."

Mo Zi (468 – 376 v. Chr.)

3. Die schöne und die hässliche Konkubine

Yang Zi reiste einmal in den Staat Song. Abends gelangte er an das Gasthaus eines jungen Wirtes und wollte dort übernachten.

Der Wirt hatte zwei Konkubinen, die eine war schön, die andere aber hässlich. Der Wirt liebte offensichtlich die Hässliche, während er die Schöne nur gering schätzte.

Yang Zi wunderte sich darüber und fragte den jungen Mann, der wie folgt antwortete:

„Mir scheint die Schöne, die sich auf ihre Schönheit sehr viel einbildet, nicht als schön und die Hässliche, die ihre Hässlichkeit nicht verhehlt und bescheiden ist, nicht als hässlich."

Der junge Wirt hatte somit nicht nach äußeren Werten geurteilt, sondern versucht, in die Seelen der Konkubinen zu schauen.

Dschuang Dsi (369 – 286 v. Chr.)

4. Unangemessene Bescheidenheit

Im Staat Qi lebte einst Huang Gong, ein angesehener Mann, der aber bekannt war für seine unangemessene Bescheidenheit und Unterwürfigkeit. Huang besaß zwei Töchter, die von allen Bekannten, Nachbarn und

Freunden zu den schönsten jungen Frauen im Land gezählt wurden.
Huang Gong aber meinte oft mit unangemessener Bescheidenheit, dass seine Töchter sehr hässlich seien. So sprach es sich in Qi herum, dass die Töchter von Huang hässlich sind, und als die beiden jungen Frauen ins heiratsfähige Alter kamen, fanden sich keine jungen Männer, die ihnen den Hof machen wollten.

Zur selben Zeit lebte im Nachbarstaat Wei ein älterer, alleinstehender Mann. Wohl hörte er, dass die Töchter des Huang hässlich wären, da er aber nicht allein bleiben wollte, heiratete er die ältere der beiden Töchter, ohne sie vorher gesehen zu haben.
Sehr bald nach der Hochzeit stellte er aber fest, dass sein Frau wunderschön war, und er sagte zu seinen Nachbarn und Freunden:
„Huang Gong setzt in seiner unangemessenen Bescheidenheit seine Töchter in der Öffentlichkeit absichtlich herab. Wenn meine Frau so schön ist, dann muss ihre Schwester auch sehr schön sein."

Von nun an kamen sehr viele junge Männer, um sich mit der jüngeren Tochter von Huang zu verloben und sie später zu heiraten.

                          Yin Wen Zi (4. – 3. Jh. v. Chr.)

5. Falsches Heldentum

Im Staat Qi wohnten früher zwei mutige Männer, der eine im Osten, der andere im Westen des Staates. Eines Tages trafen sie sich zufällig auf einer Straße. Sie freuten sich über das zufällige Zusammentreffen und sagten wie aus einen Mund:

„Wir treffen uns so selten, gehen wir doch zusammen einen Wein trinken und etwas essen!"

Sie suchten eine nahe gelegene Gastwirtschaft auf und nachdem sie einige Becher Wein getrunken hatten, schlug der eine vor, beim Wirt noch Fleisch dazu zu kaufen. Der andere aber sprach:

„Wozu sollen wir beim Wirt Fleisch kaufen, wir haben doch unser eigenes Fleisch dabei. Wofür sollen wir dem Wirt noch mehr bezahlen?"

So zogen sie ihre Messer aus den Taschen an ihren Gürteln und schnitten sich ein Stück Fleisch nach dem anderen aus ihren Leibern heraus. Sie tunkten die Fleischstücke in süßsaure Sojasoße und aßen sie mit Genuss.

Aber bald schon verloren sie viel Blut, wurden bewusstlos und starben noch am Tisch der Gastwirtschaft.

Ein solcher Mut, verursacht durch übermäßigen Geiz, ist sinnlos und lächerlich.

Lü Buwei (? – 235 v. Chr.)

6. Das letzte Wort hat der Sieger

Zwei Männer aus dem Staat Zheng stritten sich erbittert darum, wer von ihnen der Ältere sei. Der eine sagte: „Ich bin so alt wie der Kaiser Yao[1]!"
Der andere behauptete: „Ich bin so alt wie der ältere Bruder des Kaisers Huang Di[1]!"
So stritten sie endlos und konnten sich nicht einig werden. Schließlich fühlte sich der Mann als der Ältere, der den längeren Atem und so das letzte Wort hatte.

Han Fei Zi (280 – 233 v. Chr.)

7. Das Studium der Schritte

Vor langer Zeit ging einmal ein Mann nach Handan, um dort die Schritte der anderen Menschen zu studieren und zu erlernen.
Aber schließlich hatte er nicht die Schritte anderer Menschen erlernt, sondern auch noch seine eigenen vergessen.
So musste er auf allen Vieren zurück nach Hause kriechen.

Ban Gu (32 – 92)

---

1 Yao (24. – 23. Jh. v. Chr.) und Huang Di (27. – 26. Jh. v. Chr.) waren die beiden ältesten Kaiser in China.

8. Ein Volk im Wahnsinn

Es gab einmal ein Land, in dem entsprang eine Quelle, die den Namen „Quelle des Wahnsinns" trug. Jeder, der von dem Quellwasser trank, wurde sofort und ohne Ausnahme wahnsinnig.
Nur der König des Landes ließ sich einen eigenen Brunnen bohren und trank ausschließlich dessen Wasser. Somit war er der Einzige im Land, der nicht an Wahnsinn erkrankte.

Aber die übrigen Bewohner seines Landes, die ja alle ausschließlich von der Quelle des Wahnsinns tranken, hielten sich für normal und den König für krank. Sie berieten, was zu tun sei, fingen den König und zwangen ihn, seinen „Wahnsinn" kurieren zu lassen.
Aber alle Behandlungen und Empfehlungen berühmter Ärzte wie Akupunktur, Moxibustion[2], Medikamente, … waren erfolglos. Zunehmend aber wurde der König unter den Torturen der Behandlungen immer hinfälliger, er ertrug die Qualen nicht.

Schließlich ging er eines Tages freiwillig zur Quelle des Wahnsinns, trank von dem Wasser und wurde ebenfalls wahnsinnig.
Nun waren die Einwohner des Landes hocherfreut, denn endlich war auch ihr König dem Wahnsinn ver-

---
2 Einbrennen bestimmter Hautstellen zur Verbesserung körpereigener Abwehrreaktionen

fallen und unterschied sich in nichts mehr von seinen Landsleuten.

Yuan Can (420 – 477)

9. Menschen mit Kröpfen

In der Gegend um Nanqi, in einem Tal zwischen den Orten Shaanxi und Sichuan, wurde einmal eine Quelle mit wohlschmeckendem Wasser entdeckt. So gut das Wasser aber auch schmeckte, seine Zusammensetzung war schädlich. Denn wer von dem Wasser trank, der bekam bald darauf einen Kropf. So hatten alle Bewohner der Gegend von Nanqi einen dicken Hals. Da aber jeder diese Erkrankung hatte, hielten die Menschen in dieser Gegend einen dicken Hals für üblich.

Eines Tages kam ein Fremder in das Tal. Vor allem die Frauen und Kinder umringten ihn und spotteten:
„Wie eigenartig sieht dieser Mann aus! Sein Hals ist so dünn und seine Haut so verwelkt, ganz anders als unsere Hälse!"
Der Fremde sagte:
„Was ihr an euren dicken Hälsen habt, sind überflüssige Kröpfe! Warum lacht ihr über meinen schlanken Hals, sucht lieber nach geeigneten Medikamenten, um eure Krankheit zu heilen!"
Die Spötter aber antworteten:

„Seit alten Zeiten haben alle Bewohner unserer Gegend diese dicken Hälse! Wieso sollten wir uns behandeln lassen?"

Sie konnten nicht erkennen, dass sie es waren, deren Hälse krank sein sollten.

Liu Yuan Qing (1544 – 1609)

10. Ein Heilmittel gegen Diebstahl

Ein Mann aus dem Dorf Baijia stahl einmal seinem hochbetagten Nachbarn eine schöne Ente, kochte und verspeiste sie zum Abend.
Aber nachts im Bett begann seine Haut heftig zu jucken und am nächsten Morgen stellte er zu seinem Entsetzen fest, dass auf seiner Haut Entenfedern gewachsen waren, die bei jeder Bewegung heftig schmerzten.
Der Mann hatte furchtbare Angst, wusste er doch kein Heilmittel gegen seine Erkrankung. In der Nacht darauf träumte er von einem Herrn, der ihm riet:
„Buddha hat dich mit dieser Krankheit für deinen Diebstahl der Ente gestraft. Die Entenfedern werden erst wieder von dir abfallen, wenn du vom Besitzer der Ente für deine Tat gescholten worden bist."
Der alte Nachbar aber war gegenüber seinen Mitmenschen sehr nachsichtig und milde. War ihm zum

Beispiel etwas gestohlen worden, ließ er sich nichts anmerken. Deshalb sprach der Dieb vorsichtig:
„Jemand hat dir wohl eine Ente gestohlen? Sicher fürchtet der Dieb nun, von dir beschimpft zu werden. Schimpf nur tüchtig, damit er sich schämt und nie wieder einen Diebstahl begeht!"
Der Nachbar schmunzelte nachsichtig:
„Ich besitze nicht mehr genug Kraft, um den Dieb angemessen zu verfluchen."
Nun war der Dieb ratlos. Er wollte ja die Federn wieder loswerden und rechnete mit einer Schelte des Nachbarn. Schließlich gestand er dem Alten, selbst der Bösewicht gewesen zu sein.
Nun aber schalt ihn der Nachbar heftig. Sogleich war der Dieb aber auch die Entenfedern auf seiner Haut los und wieder gesund.

Pu Songling (1640 – 1715)

11. Die Leiden eines Blinden

Ein Blinder tastete sich eines Tages über die Brücke eines ausgetrockneten Baches. Plötzlich stolperte er und fasste deshalb sehr fest und ängstlich nach dem Geländer der Brücke, um nicht hinunterzustürzen. Er fürchtete, in ein tiefes Wasser bzw. einen tiefen Abgrund zu fallen, wenn er das Geländer losließe.
Da sprach ihn ein Vorübergehender an:

„Hab' keine Angst und lasse das Geländer los, im Bach fließt derzeit kein Wasser und der Bachgrund ist ohnehin nicht tief."

Der Blinde aber glaubte dem Fremden nicht, steigerte sich in seine Angst, begann in ein fürchterliches Geheul auszubrechen und krampfte sich noch fester an das Geländer.

Schließlich war er durch sein Gezeter und Festhalten vollständig erschöpft zu Boden gefallen.

Während er auf den Planken der Brücke lag, begann er, über sich selbst zu spotten:

„Ach, hätte ich dem Fremden gleich geglaubt, dass unter der Brücke nur trockener Boden ist, ich hätte nicht so sehr leiden müssen."

Liu Yuan Qing (1544 – 1609)

12. Das Begräbnis von Dschuang Dsi

Als Dschuang Dsi im Sterben lag, wollten seine Schüler für ihren Herrn und Meister eine prachtvolle Begräbnisfeier abhalten.

Ihr Meister aber sagte:

„Himmel und Erde werden mein Sarg sein; Sonne und Mond werden die Jadefiguren sein, die an meinen Seiten hängen; Planeten und Sternbilder werden wie Edelsteine rings um mich herum erstrahlen und alle Wesen werden der Totenwache als Trauergemein-

de beiwohnen. Was braucht es mehr? Für alles ist reichlich gesorgt."
Doch die Schüler sagten:
„Wir fürchten, dass Krähen und Weihen unseren Meister fressen werden."
„Ach was", sagte Dschuang Dsi, „über der Erde werde ich von Krähen und Weihen gefressen, unter der Erde von Ameisen und Würmern. Gefressen werde ich in jedem Fall. Was habt ihr gegen Vögel?"

Dschuang Dsi (369 – 286 v. Chr.)

13. Der Streit der Blinden

In der Stadt Xinshi im Staat Qi lebte einst ein jähzorniger Blinder, der seinen Lebensunterhalt auf der Straße mit Betteln verdiente. Jedes Mal, wenn ein Vorbeigehender ihm auswich, fauchte er ihn wütend an: „Bist du blind?"
Da er aber selbst blind war, stritten die Passanten meist nicht mit ihm.

Einige Zeit später aber kam ein weiterer jähzorniger Blinder aus der Stadt Liang nach Xinshi, um ebenfalls auf den Straßen zu betteln. Es war nicht zu vermeiden, dass sich die beiden eines Tages begegnen würden. Und da sie sich nicht sehen konnten, stießen beide mit aller Wucht zusammen und stürzten zu Boden.

Da der Blinde aus Liang nicht wissen konnte, dass der andere auch blind war, geriet er in Zorn und schimpfte auf den einheimischen Bettler, ob er denn blind sei und nicht aufpassen könne?
Da der andere Blinde die Anschuldigungen und Beleidigungen erwiderte, beschimpften sich die beiden lauthals in der Öffentlichkeit, so dass die Leute auf der Straße über sie lachten.

Liu Yuan Qing (1544 – 1609)

14. Den Blinden geht es gut

Zwei blinde Männer gingen einmal gemeinsam auf einer Straße. Da sprach der eine:
„Von allen Menschen auf der Erde geht es uns Blinden doch am besten. Die Sehenden müssen ständig auf den Beinen sein und arbeiten, vor allem die Bauern plagen sich tagaus, tagein auf den Feldern. Wir Blinde aber können müßig sein und das unser ganzes Leben lang, denn blind sind wir ja immer."
Das hörten zufällig einige Bauern und ärgerten sich über die Meinung der Blinden. Sie taten, als seien sie kaiserliche Beamte, traten ihnen in den Weg und beschuldigten die beiden, auf ihrem Gang nicht vor ihnen ausgewichen zu sein. Als Strafe verabreichten sie den beiden mit den Stielen ihrer Hacken einige kräftige Schläge. Noch während sie weitergingen, rie-

fen sie den Blinden Schimpfworte zu.
Nach einigen Schritten aber kehrten die Bauern, unbemerkt von den Blinden, um. Sie wollten hören, was diese nun sagten würden. Der eine Blinde sagte zum anderen:
„Eigentlich geht es uns Blinden wirklich gut. Wenn Sehende den Beamten nicht ausgewichen wären, dann hätten sie nicht nur Stockschläge, sondern weit schlimmere Strafen erleiden müssen."

Zhao Nanxing (1550 – 1627)

15. Schwarze Perlen

Unter den Menschen, die an den Ufern des Chi-Flusses lebten, verbreitete sich einst das Gerücht, dass auf dem Grund des Flusses kostbare schwarze Perlen lägen.
Sofort sprangen die Leute in das Wasser, um nach den Kostbarkeiten zu suchen. Sie fanden Austern, Muscheln, Kieselsteine, Porzellanscherben und ähnlichen Plunder. Die Menschen, die in ihrem Leben noch nie wirkliche schwarze Perlen gesehen hatten, hielten die wertlosen Funde für Kostbarkeiten, freuten sich und gerieten darüber immer mehr in Verzückung.

Als der für die Region zuständige kaiserliche Beamte Xiang Wang die Gegend besuchte, erfuhr er natürlich

von der Euphorie der Menschen für diese wertlosen Funde und konnte sich vor Lachen über ihre Dummheit kaum halten.
Damit brachte er die Leute am Fluss aber in Zorn. Sie umringten ihn, schlugen ihn und hätten ihm noch ärger zugesetzt, wenn er nicht zu seinem Dienstherrn, dem Gelben Kaiser, hätte entkommen können. Er traute sich drei Jahre lang nicht, die Gegend am Chi-Fluss wieder zu bereisen.

Shu Ju Zi (?)

16. Ein eitler Pfau

Ein Pfauenmännchen trug einen herrlichen goldfarben-dunkelgrün gefärbten Schwanz. Kein Maler hätte in so schönen Farben malen können.
Der Vogel war von Natur aus eitel und missgünstig. Wenn er zum Beispiel Kinder mit farbiger Kleidung sah, dann verfolgte er sie und pickte nach ihnen. Ließ er sich auf einem Hügel nieder, suchte er nach einer Stelle, auf der sein Schwanz besonders zur Geltung kam. Erst wenn er eine derartige Stelle gefunden hatte, ließ er sich zur Ruhe nieder.

Eines Tages wurde er im Freien ungeschützt von einem Regenwetter überrascht. Das Gefieder und vor allem sein schöner Schwanz wurden schwer vor lauter

Wasser. Der Pfau konnte mit einem derartig schweren Schwanz nicht mehr fliegen.
Ausgerechnet in dieser Situation entdeckte ihn ein Vogelfänger. Obwohl der Pfau versuchte wegzulaufen, weil er glaubte, so seinen Schwanz schonen zu können, wurde er schließlich von dem Vogelfänger gefangen, getötet und seine schönen Schwanzfedern als Schmuck für Hüte reicher Damen auf dem Markt verkauft.

Geng Ding Xiang (1524 – 1596)

17. Der bescheidene Privatlehrer

Ein einfacher Mann suchte einen Privatlehrer, der seinen Sohn lesen und schreiben lehren sollte. Als ein Bewerber in das Haus kam, sagte der Mann zu ihm:
„Meine Familie ist arm. Sie sind gebildet und Ihrer Meinung nach werden wir sicher öfters gegen Anstandsregeln verstoßen müssen. Nehmen Sie uns das bitte nicht übel!"
„Das macht nichts, Sie sind zu bescheiden", antwortete der Privatlehrer.
„Wir können Ihnen zum Beispiel nur einfache Kost anbieten, geht das?"
„Ja, das geht."
„Zu Hause haben wir auch keinen Knecht. Seien Sie so freundlich, jeden Tag unseren Hof zu kehren und

die Türen und Fenster zu öffnen und abends zu verschließen, geht das?"
„Ja, das geht."
„Wenn meine Frau und unser Sohn einige Kleinigkeiten aus der Stadt benötigen, bitte ich Sie, einkaufen zu gehen, geht das?"
„Ja, das geht."
Der Mann freute sich über die Antworten des Privatlehrers und sagte:
„Oh, wie nett Sie sind!"
Da sagte der Lehrer zu dem Mann:
„Ich möchte Ihnen auch etwas sagen, seien Sie nicht zu sehr überrascht!"
„Was haben Sie denn zu sagen, sprechen Sie ruhig", forderte der Mann den Lehrer zum Reden auf.
„Ich schäme mich sehr dafür, dass ich von klein auf nichts gelernt habe."
„Das ist doch unmöglich, Sie sind zu bescheiden."
„Ich kann Sie nicht betrügen, ich kenne in Wahrheit kein einziges Schriftzeichen."

Yi Xiao (?)

18. Ein hochmütiger Ehemann

Im Staat Qi lebte einst ein Mann mit seiner Ehefrau und Konkubine. Er galt als Freund des Müßigganges, guten Essens und köstlicher Weine. Immer, wenn er

ausging, aß und trank er offensichtlich reich und festlich. Wovon seine beiden Frauen satt würden, interessierte ihn nicht.
Eines Tages fragte ihn seine Frau, mit wem er denn so ausgiebig zu tafeln pflege? Er setzte eine hochmütige Miene auf und sprach:
„Mit reichen und mächtigen Herren."
Die Frau sprach zur Konkubine:
„Jedes Mal, wenn unser Herr von einem üppigen Mal nach Hause kommt, erzählt er uns mit hochmütiger Miene, dass er mit reichen und mächtigen Herren gespeist und getrunken habe. Warum aber hat in all der Zeit keiner dieser vornehmen Herren und Würdenträger uns jemals zu Hause besucht? Morgen will er wieder zu einem Gelage gehen, da will ich ihm im Geheimen folgen und beobachten, wohin er eigentlich zu gehen pflegt und was er treibt."
Am nächsten Morgen stand die Frau früh auf und folgte, von ihm unbemerkt, ihrem Mann. Der durchquerte die ganze Stadt, sprach dabei aber mit Niemandem. Zuletzt durchschritt er das östliche Stadttor und begab sich auf den Friedhof. Er blickte sich um, ob auch kein Bekannter in der Nähe sei, und begann, die Besucher der Gräber, die ihren Toten Opfergaben bringen wollten, um Speisereste anzubetteln. Dies tat er so lange, bis er gesättigt war. Nun wusste die Frau, was es mit den üppigen Speisen und den ausbleibenden Besuchen der vornehmen Herren auf sich hatte!
Sie lief eilig nach Hause und erzählte der Konkubine

alles, was sie gesehen hatte:
„Auf einen solchen Mann haben wir uns nun unser ganzes Leben lang verlassen! Was aber ist aus ihm geworden, ein elender Bettler!"
Damit brachen beide in Tränen aus und verfluchten ihn.

Als der Mann abends wieder nach Hause kam, setzte er wie immer eine hochmütige Miene auf. Er wusste ja nicht, was geschehen war.

Meng Zi (ca. 370 – 290 v. Chr.)

19. Ein kleiner Beamter betrügt seinen Minister

Im Staat Zheng regierte einmal ein weiser Minister mit Namen Zichan. Eines Tages bekam er einen noch lebenden Fisch geschenkt. Der Minister rief einen niederen Beamten, der die Fischteiche verwaltete, und befahl ihm, den Fisch zu pflegen.
Der Beamte aber kochte heimlich den Fisch und verzehrte ihn. Dem Minister aber berichtete er:
„Als ich den Fisch ins Wasser ließ, begann er sich schnell wieder zu erholen, bald bewegte er sich lebhaft, schwamm davon und war in den Teichen verschwunden."
Da sprach Zichan voller Freude:
„Der Fisch ist dahin geschwommen, wohin er sollte!"

Als der Beamte vom Minister zurückkam, wunderte er sich:
„Alle behaupten, Zichan sei klug! Ich habe doch den Fisch gekocht und aufgegessen, aber er behauptet immer noch, der Fisch sei dorthin geschwommen, wohin er sollte!"

Meng Zi (ca. 370 – 290 v. Chr.)

20. Vom Kanzler, der gern Fisch aß

Gongsun Yi war Kanzler im Staat Lu. Da bekannt war, dass er besonders gern Fisch aß, kauften viele Leute Fische. Die wollten sie ihm schenken, um sich bei dem Kanzler einzuschmeicheln. Gongsun Yi aber wies alle zurück.
Seine Vertrauten fragten ihn deshalb:
„Ihr mögt doch Fisch gern, warum lehnt Ihr dann Fische als Geschenke ab?"
Der Kanzler antwortete darauf:
„Gerade weil ich Fische gern mag, nehme ich keine an. Würde ich von einem Schmeichler Fische angenommen haben, hätte ich womöglich bei nächster Gelegenheit Gesetze umgehen oder gar verletzen müssen, um ihm auch entgegenzukommen. Auf diese Weise könnte ich sogar meines Amtes enthoben werden. Dann würde mir aber niemand mehr Fische schenken wollen. Auch schmecken würden sie mir dann nicht

mehr, obwohl ich sie gern essen würde. Selbst leisten könnte ich mir Fische dann auch nicht mehr.
Nehme ich aber keine Fische als Geschenke an, dann komme ich auch nicht in Versuchung, gegen Gesetze zu verstoßen, und darf mein Amt behalten. Aus den Einnahmen meines Amtes kann ich mir aber jederzeit Fische kaufen, wenn mir danach gelüstet."

Han Fei Zi (280 – 233 v. Chr.)

21. Das Siegel eines unbestechlichen Beamten

Ximen Bao galt als korrekter und unbestechlicher Kreisbeamter in der Gegend von Ye im Staat Wei. Er handelte gerecht gegen jedermann und trachtete nie nach persönlichen Vorteilen. Verachtung aber zeigte er offen gegen die intriganten und korrupten Gefolgsleute des Fürsten Wen. Diese hassten Ximen Bao deshalb und redeten ihm beim Fürsten Schlechtes nach.

Als Ximen Bao dem Fürsten Wen einen Jahresbericht über die Finanzen des Kreises Ye überreichte, empfing der Fürst ihn unfreundlich, nahm ihm das Beamtensiegel ab und entließ ihn sogar aus seinen Diensten.
Ximen Bao bat ihn:
„Bisher wusste ich nicht so recht, wie ich den Kreis Ye zu verwalten hätte. Nun aber ist es mir klar geworden. Gebt mir bitte das Beamtensiegel zurück und

lasst mich den Kreis Ye weiter verwalten. Verletze ich meine Amtspflichten, dann bin ich bereit, mich von Euch zum Tode verurteilen zu lassen."
Dem Fürsten war es ohnehin schwergefallen, Ximen Bao aus dem Amt zu entlassen. Eigentlich schätzte er seinen Kreisbeamten. Nur die Intrigen der Vertrauten hatten zu seinem unfreundlichen Verhalten gegenüber Ximen Bao geführt. So gab er ihm das Siegel zurück. Als Ximen Bao in den Kreis Ye zurückgekehrt war, begann er, die Menschen dieses Gebietes grausam auszuplündern und den Vertrauten des Fürsten Wen mit allen Möglichkeiten zu schmeicheln.

Als wieder ein Jahr vergangen war, sollte er dem Fürsten erneut über die Lage der Finanzen im Kreis Ye Bericht erstatten. Diesmal empfing der Fürst Ximen Bao überaus freundlich und dankte ihm für seine Verdienste. Ximen Bao aber sagte zu ihm:
„Früher habe ich den Kreis Ye für Euch verwaltet, aber Ihr wolltet mir mein Beamtensiegel nehmen. Jetzt amtiere ich im Sinne Eurer Vertrauten und Ihr behandelt mich dafür mit großer Freundlichkeit. So wie jetzt aber kann ich den Kreis Ye nicht weiter verwalten."

Mit diesen Worten gab Ximen Bao dem Fürsten Wen das Siegel zurück und wollte gehen. Der Fürst aber nahm das Siegel nicht zurück und sprach voller Bedauern:

„Früher kannte ich Dich ja auch nicht so gut wie heute. Ich hoffe, dass Du Dich weiter bemühst, den Kreis Ye zu verwalten – für mich!"

Han Fei Zi (280 – 233 v. Chr.)

22. Warum Fu Tun seinen eigenen Sohn töten lässt

Der Meister der Moistischen Schule[3], Fu Tun, lebte im Staat Qin. Als einziges Kind hatte er einen Sohn. Der junge Mann beging eines Tages einen schrecklichen Mord und wurde dabei von Soldaten des Königs von Qin ergriffen.
„Du bist schon alt und hast nur diesen einen Sohn", sprach der König Hui zu Fu Tun, „deshalb habe ich meinen Beamten den Befehl gegeben, Deinen Sohn zu schonen und die eigentlich für Mord übliche Todesstrafe nicht zu vollstrecken. Ich hoffe, dies ist in Deinem Sinn!"
Fu Tun aber antwortete:
„Wer einen Mord begeht, der hat sein Leben verwirkt und muss zum Tode verurteilt werden. Wer

---

3 Moismus, gemeinsam mit dem Konfuzianismus, Daoismus und Legismus bedeutendste philosophische Lehre, bereits vor dem Zeitalter des Qin-Reiches; Begründer Mo Zi (470-391 v. Chr.); Inhalt Gleichheit aller Menschen vor dem Himmel; Schaffung himmlischer Verhältnisse auf der Erde durch Ausübung kollektiver Liebe; von den Herrschern der Qin teilweise brutal unterdrückt; siehe auch Kurzgeschichte Nr. 2.

jemandem eine Verletzung zufügt, muss ebenfalls angemessen bestraft werden. Das entspricht den Regeln unserer Moistischen Schule, mit der Morde und Verletzungen verhindert werden sollen. Es ist die von allen Menschen auf dieser Erde anerkannte Art von Gerechtigkeit. Als höchster Richter des Staates Qin habt Ihr meinem Sohn wohl Gnade erwiesen und ihm die angemessene Strafe erlassen, aber ich stehe für die moistische Lehre und muss ihr Geltung verschaffen."

Fu Tun entsprach dem Entgegenkommen des Königs Hui nicht, sondern ließ seinen Sohn unverzüglich hinrichten.

Lü Buwei (? – 235 v. Chr.)

23. Ein aufrichtiger Mann

Im Staat Chu lebte einst ein Mann, der den Spitznamen „aufrichtiger Mensch" trug. Selbst als sein Vater vom Nachbarn eine Ziege gestohlen hatte, verklagte er ihn sogleich beim König des Staates.
Dieser ließ den Dieb sofort verhaften und wollte die Todesstrafe über den Vater verhängen. Da bat der Sohn darum, für seinen Vater den Tod erleiden zu dürfen, und der König willigte in das Anliegen des Sohnes ein.
Bereits auf dem Schafott, unmittelbar vor der Hin-

richtung, sprach der Sohn zum Scharfrichter: „Ich habe dem König den Diebstahl meines Vaters gemeldet. Ist das kein Treuebeweis gegenüber dem Herrscher? Nun gehe ich für meinen Vater in den Tod. Ist das nicht Ausdruck meiner Sohnesliebe?
Wenn ich, dem König treu und dem Vater gegenüber voller Liebe, hingerichtet werden soll, müssten dann nicht alle Menschen unseres Staates getötet werden?"
Der König, der an der Hinrichtungszeremonie teilnahm, hörte diese Worte des Sohnes. Nach kurzem Nachdenken erkannte er den tieferen Sinn der Worte des Sohnes, gebot dem Scharfrichter Einhalt und befahl, den „aufrichtigen Menschen" am Leben zu lassen.

Lü Buwei (? – 235 v. Chr.)

24. Die Angst eines hässlichen Mannes

Wenn einem hässlichen Mann mitten in der Nacht ein Sohn geboren wird, zündet er zitternd ein Licht an, eilt dann zu dem Kind und betrachtet beklommen sein Gesicht, um zu sehen, ob es ihm ähnlich ist

Dschuang Dsi (369 – 286 v. Chr.)

25. Der Gesandte mit der weisen Zunge

Der Beamte Yan Zi wurde einmal vom Herrscher seines Staat Qi in diplomatischer Mission in den Nachbarstaat Chu gesandt. Da er von sehr kleinem Wuchs war, ließ der Herrscher von Chu in die Stadtmauer ausschließlich für Yan Zi eine kleine Tür brechen, um ihn zu demütigen.
Als Yan Zi an das Stadttor kam, forderten ihn die Wachen auf, durch die kleine Tür in die Hauptstadt von Chu einzutreten. Der weigerte sich aber und sprach:
„Nur jemand, der als Gesandter in ein Land von Hunden kommt, kriecht durch so eine Hundetür! Heute komme ich aber in Euer großes Land Chu, warum sollte ich da durch einen Eingang für Hunde gehen?"
So musste man ihn durch das große Tor in die Stadt einlassen.

Als Yan Zi vor den König von Chu zur Audienz trat, fragte der:
„Warum sendet Dein Herrscher einen so kleinwüchsigen Beamten wie Dich zu uns? Gibt es denn in Eurem Staat keine größeren Menschen?"
„Doch!", antwortete Yan Zi, „in unserer Hauptstadt Linzi gibt es siebenhundert bis achthundert Familien. Die Straßen sind schwarz von den Menschen. Wenn sie ihre Ärmel schwenken, verdunkeln sie damit den Himmel, wenn sie den Schweiß von ihren Körpern schütteln, dann sieht es aus, als regnete es. Wie kann

man da denken, bei uns zu Hause gäbe es nur kleine Menschen?"

„So, aber warum kommt ein Winzling wie Du in die Position eines königlichen Gesandten?", fragte der König von Chu.

„Bei der Wahl von Gesandten hält sich unser Herrscher an eine Regel", entgegnete Yan Zi. „Diejenigen, die weit vorhersehen können, werden in Staaten entsandt, deren Könige weise und klug sind, diejenigen Beamten aber, die nichts wissen und können, werden in Staaten geschickt, deren Herrscher Wirrköpfe und Toren sind. Ich tauge gar nichts, deshalb war ich am besten geeignet, als Gesandter in diesen Staat zu kommen."

Nach der Audienz gab der König von Chu für den Gesandten aus Qi einen Begrüßungsempfang. Als sie dem Wein schon ziemlich zugesprochen hatten, kamen zwei Diener mit einem gefesselten Mann an der Tafel vorbei. Da fragte der König:

„Wer ist der Mann und warum ist er gefesselt?"

„Das ist ein Mann aus dem Staat Qi, er hat bei uns einen Diebstahl begangen", war die Antwort der Diener. Der König wandte sich an Yan Zi und fragte: „Haben alle Menschen bei Euch die Gewohnheit zu stehlen?"

Yan Zi erhob sich von seinem Platz an der Tafel und erwiderte dem König mit vollem Ernst:

„Es heißt: Pflanzt man die Mandarinenbäume, die südlich des Huai-Flusses wachsen, an dessen nördliches Ufer um, dann werden sie zu dreiblättrigen Zitronenbäumen. Ihre Blätter sind wohl ähnlich, aber ihre Früchte schmecken ganz anders. Was ist der Grund dafür? Er liegt in der unterschiedlichen Art und dem anderen Klima der beiden Gegenden. Die Leute in Qi begehen in ihrem Staat keine Diebstähle, sind aber im Land Chu zu Dieben geworden. Hat das dann nicht auch seinen Grund in der Natur und dem Klima des Staates Chu?"

Da setzte der König von Chu ein bitteres Lächeln auf und sagte:
„Mit einem Weisen soll man eben keinen Scherz treiben. Ich habe mir zu Recht eine schöne Abfuhr eingehandelt."

Yan Zi (eigentlich Yan Ying; vor 500 v. Chr.)

26. Der Vergleich zwischen einem Jade- und einem Tongefäß

Ein ehrwürdiger Alter aus Tangxi fragte einmal den Fürsten Zhao aus dem Staat Han:
„Kann ein wertvolles Jadegefäß, das keinen Boden hat, Wasser enthalten?"
„Selbstverständlich nicht", sagte Fürst Zhao.
„Kann ein wertloser Tontopf, der nicht undicht ist, guten Wein enthalten?"

„Ja, natürlich", war die Antwort des Fürsten.
Da sprach der Alte weiter:
„Der Tontopf ist zwar billig, aber man kann ihn mit Wein füllen, denn er tropft nicht. Das Jadegefäß dagegen kostet viel Geld, aber man kann es nicht einmal mit Wasser füllen, ganz abgesehen von wohlschmeckenden Getränken. Es hat ja keinen Boden!
Nun gebt Ihr als Fürst des Staates oft geheime Ratschläge der Beamten an andere weiter. Das ist mit dem Jadegefäß zu vergleichen. Wie können denn die Beamten so ihre klugen Ziele verfolgen, selbst wenn sie Genies wären?"
Der Fürst nickte nachdenklich mit dem Kopf: „Ja, da hast Du ganz recht."
Seitdem schlief Fürst Zhao immer allein, wenn er über wichtige Unternehmungen nachzudenken hatte. Er wollte nicht noch einmal ungewollt im Schlaf reden und seine Gedanken und Überlegungen seinen Beamten preisgeben.

Han Fei Zi (280 – 233 v. Chr.)

27. Ein Mittel zum Erreichen der Unsterblichkeit

Einst wollte ein Mann aus dem Staat Chu seinem König ein Mittel für das Erreichen der Unsterblichkeit schenken.
Er gab es am Tor des Palastes ab und der Torhüter

wollte es sogleich zum König bringen. Unterwegs jedoch fragte ein anderer Palastwächter den Torhüter:
„Ist das, was Du da in der Hand trägst, etwas zum Essen?"
„Ja", antwortete der Torhüter. Da riss der andere Wächter dem Torhüter das Mittel aus der Hand und schlang es gierig hinunter.
Als der König von dem Vorfall erfuhr, geriet er in Wut und wollte in seinem ersten Zorn den unglücklichen Palastwächter auf der Stelle hinrichten lassen.
Der Wächter flehte den König um Gnade an:
„Ich, Euer treuer Diener, habe den Torhüter gefragt, ob das, was er in der Hand hält, etwas zum Essen sei. Er hat darauf ‚Ja' gesagt. Deshalb habe ich es gegessen. Ist nicht eigentlich der Torhüter schuld? Wenn Eure Majestät mich töten lässt, dann zeigt dies doch, dass das Mittel keine Wirkung besitzt und der Schenker ein Betrüger war. Alle, die hören, dass Ihr einen unschuldigen Untertanen habt töten lassen, werden denken, dass Ihr, mein weiser König, von anderen betrogen werden könnt. Wäre es da nicht besser, mir zu verzeihen?"
Der König überlegte lange und begnadigte dann den Wächter.

Han Fei Zi (280 – 233 v. Chr.)

28. Eine Methode zur Auferweckung von Toten

Im Staat Lu lebte einst ein Mann namens Gongsun Chuo. Er behauptete gegenüber allen Menschen, dass er Tote wieder auferwecken könne.
Neugierig fragte man ihn nach seiner Methode, Tote zu erwecken. Er antwortete auf diese Frage:
„Ihr wisst, dass ich schon lange halbseitig Gelähmte heilen kann. Wenn ich nun die Dosis verdopple, kann ich damit die Toten erwecken."

Lü Buwei (? – 235 v. Chr.)

29. Das Gravieren von Affen auf einer Dornenspitze

Der König des Staates Yan interessierte sich immer für Leute, die über besondere Fähigkeiten verfügten.
Eines Tages kam ein Mann aus dem Staat Wei in die Gegend, der behauptete, Affen in die Spitze eines Rosendornes eingravieren zu können. Als der König davon erfuhr, war er hocherfreut, lud den Fremden in sein Schloss, gewährte ihm seine Gunst und hieß ihn Affen in einen Dorn zu gravieren.
Nach ein paar Tagen sagte der Herrscher zu dem Mann:
„Ich möchte die Affen sehen, die Du in die Spitze des Dornes graviert hast."
Der Fremde aber antwortete:

„Majestät, wenn Ihr meine Gravuren sehen wollt, dann dürft Ihr ein halbes Jahr lang nicht zu den Wohnräumen der Konkubinen gehen, keinen Wein trinken und kein Fleisch essen. Erst dann könnt Ihr in einem Augenblick, in dem die Sonne nach einem Regen zu scheinen beginnt, es also zwischen sonnig und trüb ist, die Affen auf der Dornenspitze erkennen."

Auch wenn ihm die Antwort nicht gefiel, musste der König dem Fremden wohl weitere sechs Monate Vergünstigungen gewähren, ohne die Gravuren sehen zu können.

Zur gleichen Zeit verrichtete ein Schmied aus dem Staat Zheng seinen Dienst bei einer lokalen Behörde des Staates Yan. Den traf der König und schilderte ihm seine Unzufriedenheit mit dem Fremden. Der Schmied sagte darauf:

„Majestät, ich schmiede täglich Messer und weiß genau, wie alle winzigen Darstellungen mit einem Graviermesser hergestellt werden können. Es ist nicht möglich, Gravuren, die kleiner sind als eine Messerspitze, anzufertigen. Da die Spitze eines Dornes kleiner ist als die Spitze eines Messers, kann man auf einem Dorn nichts gravieren! Bitte begutachtet das Messer Eures Fremden! Dann könnt Ihr selbst einschätzen, ob man damit an einer Dornenspitze Affen gravieren kann."

„Ein guter Rat!", meinte der König, ging auf sein Schloss und ließ den Mann aus dem Staat Wei zu sich rufen. Er fragte ihn:

„Womit gravierst Du die Affen in die Spitze eines Dornes?"
„Mit meinem Messer", antwortete der Mann. Der König sagte weiter:
„Ich will Dein Graviermesser sehen, geh und hole es!"
„Lasst es mich aus meiner Unterkunft holen", sprach der Mann und verließ, so schnell er konnte, den Hof des Kaisers.

Han Fei Zi (280 – 233 v. Chr.)

30. Die Kunst des Stehlens

Zi Fa, ein General des Staates Chu, suchte gern nach Leuten, die besondere Begabungen besaßen oder über Zaubermittel verfügten.
Eines Tages besuchte den General ein Fremder, der vorgab, die Kunst des Stehlens zu beherrschen, und sprach zu Zi Fa:
„Ich habe gehört, dass Ihr Leute sucht, die über besondere Begabungen oder Zaubermittel verfügen. Ich bin ein Meisterdieb und will Euch gern meine Kunst des Stehlens widmen und Euer Amtsdiener sein."
Mit großem Wohlwollen hörte Zi Fa die Worte des Diebes und nahm ihn sofort in seine Dienste. Seine Beamten rieten ihm ab, den Dieb so freundlich zu empfangen:
„Ein Dieb unterscheidet sich nicht von einem Räu-

ber, wie könnt Ihr ihm mit so viel Höflichkeit und Freundlichkeit begegnen?"
Zi Fa aber erwiderte: „Das könnt Ihr noch nicht verstehen!"

Einige Zeit nach der Begegnung von Zi Fa mit dem Dieb griffen die Heere des Staates Qi den Staat Chu an. Zi Fa leistete mit seinen Soldaten erbitterten Widerstand, aber sie verloren jede Schlacht. Die fähigsten und treuesten Berater unterbreiteten alle denkbaren Vorschläge, aber vergeblich, die Truppen des Staates Qi wurden nach jedem Sieg stärker.
Da kam der Dieb zu Zi Fa und sagte zu ihm:
„Ich möchte gern meine Kunst zeigen und meine Ergebenheit Euch gegenüber beweisen. Erlaubt mir, zu den feindlichen Truppen zu gehen!"
Ohne zu fragen, was der Dieb vorhatte, gestattete ihm Zi Fa, zu den gegnerischen Heeren zu gehen.
In der Nacht schlich sich der Dieb in das feindliche Heerlager. Dort stahl er dem Anführer der Soldaten von Qi den Bettvorhang und brachte ihn Zi Fa. Er bat ihn, einen Boten mit dem Bettvorhang zum gegnerischen General zu senden und ihm zu sagen:
„Einer meiner Soldaten hat beim Holzfällen offensichtlich Euren Bettvorhang gefunden. Ich lasse ihn Euch hiermit durch meinen Boten zurückbringen."
In der nächsten Nacht schlich sich der Dieb wieder zum schlafenden feindlichen Anführer, stahl ihm das Kopfkissen und Zi Fa sandte es wieder durch einen

Kurier zurück.

In der dritten Nacht stahl der Dieb dem General aus Qi die Haarnadeln. Und wieder ließ Zi Fa sie ihm zurückbringen.

Als das die Soldaten des Staates Qi erfuhren, wurden sie von panischer Angst ergriffen. Der General von Qi beriet sich mit seinen Beamten und Unterführern. Alle kamen zu dem Schluss:

„Wir sollten uns unverzüglich zurückziehen, sonst wird dem General noch der Kopf gestohlen."

So befahl der Anführer der Truppen aus Qi seinen Soldaten, sich schnell wieder aus Chu zurückzuziehen.

Aus dem Buch „Huai Nan Zi"

31. Wie Bian Zhuangzi zwei Tiger tötete

Bian Zhuangzi erblickte eines Tages in der Nähe seines Anwesens zwei Tiger, die gerade dabei waren, einen seiner Ochsen zu jagen. Damit sie keinen weiteren Schaden anrichten könnten, wollte Bian die beiden Raubkatzen sofort töten.

Sein Sohn riet ihm ab:

„Die beiden Tiger jetzt töten zu wollen, ist nicht zweckmäßig. Sie sind stark und werden vielleicht sogar Dich töten. Warte, bis sie den Ochsen fressen. Schmeckt er ihnen, werden sie sich um den größeren Teil der Beute streiten und kämpfen. Dabei wird der größere den kleineren tot beißen, aber in diesem Kampf sicher auch selbst verletzt werden. Dann musst Du nur noch den verletzten Tiger töten und kommst in den Ruf, zwei Tiger getötet zu haben."

Bian Zhuangzi leuchteten die Worte seines Sohnes ein und er wartete den Kampf der beiden Tiger ab. Nach einer Weile begannen die Tiere tatsächlich miteinander zu ringen, wobei der kleinere getötet und der größere verletzt wurde.

Nun konnte Bian Zhuangzi schnell und ohne großes Risiko den größeren, verletzten Tiger töten und erntete den Ruhm, zwei Tiger getötet zu haben.

Liu Xiang (77 – 6 v. Chr.)

32. Das Spiel mit den Möwen

Ein Mann lebte seit vielen Jahren mit seiner Familie an der Küste des Gelben Meeres. Er liebte nicht nur die karge Landschaft seiner Heimat, sondern alle Tiere des Meeres und der Küste.

Vor allem hatten es ihm die Möwen angetan. Jeden Morgen, bevor er seine Arbeit begann, lief er an den Strand, um mit den Möwen zu sprechen und zu spielen. Oft flogen mehr als hundert Vögel über ihm und manche setzten sich sogar auf seine Schultern.

Eines Tages sagte sein Vater zu dem Mann:

„Wie ich höre, spielen die Möwen gern mit Dir. Fange doch einige für mich!"

Am nächsten Morgen ging der Mann wieder an den Strand. Die Möwen flogen und kreischten wie immer. Als er aber einige zu fangen versuchte, kamen sie nicht mehr zu ihm herab, sondern blieben von nun an flügelschlagend im auflandigen Wind in der Luft über ihm stehen.

Lie Zi (ca. 400 v. Chr.)

33. Warum Yang Bu seinen Hund schlagen wollte

Yang Bu, der jüngere Bruder von Yang Zhu, wollte eines Tages in seinem weißen festlichen Gewand ein paar Schritte durch die Stadt gehen.
Plötzlich begann es zu regnen. Yang Bu zog rasch das weiße Gewand aus, damit es nicht nass würde und sauber bliebe, und streifte ein schwarzes, welches er als Ersatz bei sich trug, über. Dann kehrte er um und lief rasch wieder nach Hause.
Da er aber bei der Rückkehr anders aussah als beim Weggang, erkannte ihn sein Hund nicht wieder, bellte ihn an und fiel sogar über ihn her. Yang Bu wurde zornig und wollte den Hund schlagen.
Da sagte Yang Zhu zu ihm:
„Schlag ihn doch nicht! Vielleicht würde es Dir anstelle Deines Hundes auch so ergehen. Würdest Du es nicht auch merkwürdig finden, wenn Dein Hund mit einem weißen Fell aus dem Haus laufen und bald darauf mit einem schwarzen zurückkehren würde?"

Lie Zi (ca. 400 v. Chr.)

34. Der Tod eines Fasans

Ein Mann aus dem Staat Chu trug einen Fasan. Er wollte ihn auf dem Marktplatz der nächsten Stadt verkaufen.
Unterwegs fragte ihn ein vorübergehender höhergestellter Beamter:
„Was für einen Vogel trägst Du da?"
„Einen Phoenix", log der Mann.
„Ich habe bisher wohl von dem Vogel gehört, gesehen habe ich bis soeben noch keinen. Es ist ja ein ganz außergewöhnliches Tier, wollt Ihr ihn mir verkaufen?", erwiderte der Beamte.
„Warum eigentlich nicht, ich kann mir so den noch weiten Weg zum Marktplatz sparen."
Nach einer kurzen Verhandlung über den Kaufpreis kaufte der Beamte den Vogel für zwei Goldstücke. Er wollte das Tier seinem König schenken, in der Hoffnung, so vielleicht seine Stellung bei Hofe verbessern zu können.

Am nächsten Morgen aber verstarb der Fasan plötzlich. Ohne an den Verlust der zwei Goldstücke zu denken, bedauerte der Beamte den Verlust des Vogels aufrichtig, konnte er ihn doch nun nicht mehr seinem König schenken.

Die Kunde von dem verstorbenen Vogel verbreitete sich in der Stadt sehr schnell. Da niemand wusste, wie ein Phoenix wirklich aussieht, priesen die Bewohner der Stadt den uneigennützigen Beamten wegen seiner offensichtlichen Verbundenheit dem König gegenüber.

Auch der König selbst erfuhr von dem Vorfall und war angesichts eines so wertvollen Geschenkes sehr gerührt. Er bat den Beamten zu sich und schenkte ihm zehnmal so viele Goldstücke, wie der für den Vogel bezahlt hatte.

Yin Wen Zi (475 – 221 v. Chr.)

35. Der Fasan und die Schlange

In einem Vorort von Gouzhang lebte ein Bauer. Eines Tages wollte er seinen schadhaften Zaun mit Stroh abdichten.

Er holte aus der Scheune einen großen Strohballen und stopfte kleine Strohbüschel in die Zaunlücken.

Nach einigen Tagen hörte er beim Vorbeigehen in einem der Strohbündelchen ein Zirpen. Er drückte das Stroh auseinander und fand einen jungen Fasan. Hocherfreut fing er den Vogel und stopfte das Stroh wieder in den Zaun. Aber anstatt sich zu bescheiden, hoffte er, einen weiteren Fasan fangen zu können.

Ein paar Tage geschah an dem Zaun nichts. Aber eines Tages hörte er erneut ein Zirpen in dem Strohbüschel. Ohne sich vorzusehen, griff er schnell in das Stroh, fasste aber anstelle eines erhofften weiteren Fasans eine Giftschlange, die ihn sofort in einen seiner Finger biss. Er starb, noch bevor er das Strohbündel wieder in den Zaun stopfen konnte.

Liu Ji (1311 – 1375)

36. Der Papagei und die Grille

Im Süden Chinas leben viele Arten von Papageien. Die Menschen dort fangen diese Vögel mit großen Netzen und richten sie so lange ab, bis die Tiere die Sprache von Menschen nachahmen können.
Die Papageien können sich aber nur einige Wörter merken, sie plappern also den ganzen Tag über ständig dasselbe, ohne über Sinn und Inhalt des Geplapperten nachdenken zu können.
Ein Papagei, der in einem schönen Käfig am Fenster stand, hörte einmal eine Grille auf einem Baum in der Nähe des Hauses zirpen und verhöhnte sie, weil sie keine menschlichen Laute von sich geben könnte.
„Es ist ja gut, dass Du den Menschen etwas nachreden kannst", entgegnete die Grille, „aber was Du redest, sind nicht Deine eigenen Wörter oder Gedanken. Du redest den ganzen Tag über, aber eigentlich sagst Du nichts. Wie kannst Du Dich mit mir vergleichen? Ich zirpe, wie ich will, und drücke so meine eigenen Gedanken und Gefühle frei aus."

Da schämte sich der Papagei sehr und plapperte seitdem nichts mehr nach.

Zhuang Yuun Chen (1560 – 1609)

37. Wie ein Affe einem Tiger schmeichelt

Früher gab es unter den vielen Arten von Affen die sogenannten Rou-Affen. Sie waren klein, intelligent, flink, konnten ausgezeichnet klettern und hatten scharfe Krallen.

Einem Tiger juckte es eines Tages am Kopf und er bat einen Rou-Affen, ihn unaufhörlich zu kratzen. Wie der Tiger gewünscht hatte, kratzte und kratzte das Äffchen unaufhörlich, bis es dem Tiger ein Loch in den Kopf gescheuert hatte. Der Tiger merkte nichts davon, ihm ging es noch immer wohl. Nun fraß der Affe dem Tiger einen Teil seines Gehirns und bot dem Tiger noch den Rest an, den er eigentlich wegwerfen wollte, und sagte dazu:
„Ich habe mir zufällig ein bisschen Fleisch beschaffen können, wage aber nicht, es allein zu fressen, und möchte Dir deshalb etwas anbieten."
„Du kümmerst Dich ja sehr um mich und vergisst dabei sogar Deinen eigenen Appetit auf einen guten Happen. Du bist ein richtiger treuer Freund!", entgegnete der Tiger und fraß das Reststückchen seines

eigenen Gehirns auf, ohne es zu bemerken.
Nach einer Weile fraß der Affe das Gehirn des Tigers ganz auf. Nun bekam der Tiger aber starke Kopfschmerzen und spürte, dass ihn das Rou-Äffchen übertölpelt hatte. Er wollte mit ihm abrechnen, aber das Äffchen hatte sich schon längst auf einem hohen Baum in Sicherheit gebracht.
Der Tiger sprang noch ein paarmal wild um sich, brüllte und verstarb.

Liu Yuan Qing (1544 – 1609)

38. Der Jadeklumpen

Ein einfacher Bauer aus dem Staat Wei fand eines Tages beim Pflügen seines Feldes einen Jadeklumpen, dessen Durchmesser etwa einen Fuß betrug. Da er aber nicht wusste, welchen wertvollen Fund er gemacht hatte, zeigte er den Klumpen arglos seinem Nachbarn.
Dieser erkannte sofort dessen Wert und wollte das Jadestück in seinen Besitz bringen, indem er dem Bauern empfahl:
„Das ist ein Unglücksstein! Wer ihn besitzt, wird von großem Unheil getroffen! Wirf ihn am besten gleich wieder an die Stelle zurück, wo Du ihn gefunden hast!"
Der Bauer war verunsichert, nahm aber den Stein mit

in sein Haus und legte ihn in der Diele auf den Boden. In der Nacht beim Mondschein begann der Jadestein zu strahlen und zu leuchten, so, dass das ganze Haus erhellt wurde. Die Familie des Bauern erschrak fürchterlich und am anderen Tag berichtete der Bauer seinem Nachbarn davon. Dieser beschwatzte ihn weiter:

„Ich habe Dich gewarnt, gerade dieses Leuchten ist das Vorzeichen großen Unheils! Wirf den Klumpen sogleich weg, nur so kannst Du einem drohenden Verhängnis noch entgehen!"

Da lief der Bauer hastig auf sein Feld und warf den Jadeklumpen weit weg. Der Nachbar aber beobachtete, wohin der Klumpen gefallen war, und holte ihn sich bald darauf heimlich, um ihn dem König des Staates Wei zum Kauf anzubieten.

Dieser ließ einen Jadeschleifer kommen, um den Stein zu begutachten. Als der Jadeschleifer den Klumpen sah, machte er einen Kniefall vor dem König und sprach:

„Ich gratuliere Eurer Majestät zu diesem wundervollen Stein. Noch nie in meinem bisherigen Leben habe ich ein so herrliches Stück gesehen."

„Wie viel ist er wohl wert?", wollte der König wissen.

„Das ist ein Schatz von unermesslichem Wert", erwiderte der Jadeschleifer. „Es gibt keinen vergleichbaren auf der Welt."

Der König gab dem Nachbarn des Bauern tausend Goldstücke für den Jadeklumpen und stattete ihn darüber hinaus noch zeit seines Lebens mit dem Gehalt eines Ministers aus.

Yin Wen Zi (360 – 280 v. Chr.)

39. Der „Bian-He"-Jadestein

Im Staat Chu lebte ein Mann namens Bian He, der auf dem Chu-Berg einen äußerlich unscheinbaren Stein gefunden und dem König Li überreicht hatte. Der Herrscher ließ den Stein von einem bekannten Jadeschleifer prüfen, der urteilte:
„Das ist ein einfacher Stein."
So hieß der König Bian He einen Betrüger und ließ ihm den linken Fuß abschlagen.

Nach dem Tod des König Li bestieg König Wu den Thron von Chu. Auch diesem bot Bian He den Stein an, der ihn gleichfalls von einem Jadeschleifer prüfen ließ. Aber auch der zweite Schleifer kam zu dem gleichen Ergebnis wie der erste. So hielt auch König Wu den Bian He für einen Betrüger und ließ ihm den rechten Fuß abschlagen.
Als auch König Wu verstorben war, erbte König Wen den Thron von Chu. Nun weinte Bian He am Fuße des Berges Chu bitterlich und hielt den Stein zitternd in beiden Händen. Drei Tage und Nächte flossen seine Tränen ohne Unterbrechung und zuletzt kam nur

noch Blut aus seinen Augen.

Davon erfuhr der König Wen, ließ Bian He holen und fragte:

„Auf der Erde wurden doch schon viele Menschen wie Du bestraft. Weshalb weinst Du so heftig?"

Bian He antwortete:

„Ich bin nicht wegen meiner abgeschlagenen Füße traurig. Mich bekümmert viel mehr, dass mein Stein als einfacher wertloser Fund angesehen wird und dass ich ehrlicher und treuer Mann deshalb als Betrüger gelte. Das sind die Gründe für meine Trauer."

Als König Wen das gehört hatte, befahl er dem Jadeschleifer, den Stein aufzumeißeln. Und wirklich, im Inneren des äußerlich unscheinbaren Steines befand sich ein sehr kostbarer Jadestein. Er erhielt den Namen „Bian-He-Jade".

Han Fei Zi (280 – 233 v. Chr.)

40. Wenn die Lippen faulen, werden die Zähne kalt

Vor langer Zeit lag zwischen den Staaten Jin und Guo der Staat Yu. Eines Tages beabsichtigte der König des Staates Jin, das Gebiet von Guo anzugreifen, wozu er die Erlaubnis aus dem Staat Yu zum Durchmarsch seiner Truppen benötigte. Da die Beziehungen zwischen den Staaten Jin und Yu nicht sonderlich gut waren, fürchtete der Herrscher von Jin, der König von Yu könnte ihm eine Bitte zum Durchmarsch seiner Soldaten abschlagen.

Da gab sein hoher Beamte Xun Xi seinem König folgenden Rat:
„Wenn Ihr dem König von Yu Euren Jadestein aus Chuiji und Euer Pferd aus Quchan schenkt, dann wird er sicherlich den Durchmarsch unserer Soldaten durch sein Reich gestatten."
„Der Jadestein ist doch aber ein heiliger Schatz meiner Vorfahren und das Pferd ist das beste Tier aus meinen Ställen. Was tun wir, wenn der König von Yu unsere Geschenke annimmt und uns dann doch nicht durch sein Land marschieren lässt?", entgegnete der König.
„Will der König von Yu unser Anliegen zurückweisen", erwiderte Xun Yu, „dann wird er es nicht wagen, unsere Geschenke anzunehmen; nimmt er sie aber, so wird er uns ganz sicher durch seinen Staat marschieren lassen. Außerdem werden ihm der Jadestein und das Pferd ohnehin nur kurze Zeit gehören. Der Stein wird wohl im Staat Yu liegen, aber es wird so sein, als hätten wir ihn nur von einem der inneren Palasträume in einen äußeren gelegt. Auch das Pferd haben wir wohl dem König von Yu gegeben. Aber wir können es so empfinden, als hätten wir es von einem der inneren Pferdeställe in einen der äußeren umquartiert. Ist es nicht wahrscheinlich, dass wir uns beide bei passender Gelegenheit zurückholen werden?"
Dem König von Jin gefiel der Rat des Beamten Xun

Xi und er ließ dem Herrscher von Yu den Jadestein und das Pferd als Geschenke mit der Bitte um Erlaubnis zum Durchmarsch seiner Truppen zum Staat Guo überbringen. Dieser nahm die kostbaren Geschenke hocherfreut an und erteilte ohne große Überlegungen seine Zustimmung zum Durchmarsch der Soldaten aus Jin.

Gong Zhiqi aber, der oberste Beamte von Yu, erkannte die Hinterlist des Königs von Jin und protestierte: „Das darf auf keinen Fall sein! Der Staat Guo ist unser Nachbar, unsere Beziehungen zu ihm sind so eng wie die zwischen Lippen und Zähnen! Verfaulen die Lippen, werden die Zähne kalt! Wie kann sich unser Staat in Sicherheit fühlen, wenn wir die Truppen von Jin durchziehen lassen, diese Guo erobern und wir dann von beiden Seiten von Truppen aus Jin umgeben sind?"

Aber der Herrscher von Yu schlug alle Warnungen seines weitsichtigen Beamten in den Wind. Die Truppen von Jin zogen unter der Führung von Xun Xi durch Yu und eroberten den Staat Guo.

Drei Jahre später fielen die Truppen des Staates Jin auch in den Staat Yu ein und warfen ihn nieder. Xun Xi nahm sogleich den Jadestein an sich, klopfte dem stolzen Pferd auf den Rücken und brachte beide dem König von Jin wieder.

Dieser strich über den Jadestein, klopfte dem Pferd die Seiten und sagte voller Stolz und Freude:

„Der Jadestein ist ja derselbe, nur das Pferd ist etwas älter geworden."

Lü Buwei (? – 235 v. Chr.)

41. Schatten am Tag und in der Nacht

Während der Periode der Südlichen und Nördlichen Dynastien lebte im Staat Zheng ein Mann.
Während einer Wanderung setzte er sich eines Tages mittags unter einen alleinstehenden Baum, um sich auszuruhen und abzukühlen.
Er legte seine Strohmatte entsprechend dem Stand der Sonne und der Bewegung des Baumschattens aus, um ständig im Kühlen zu liegen.
Am Abend, als die Sonne untergegangen war, legte er die Matte erneut unter den Baum, so dass er entsprechend dem Stand des Mondes und der Bewegung des Baumschattens wieder im Schatten lag.
Noch vor dem Morgen wachte er überrascht auf. Seine Kleidung war nass vom Tau der Nacht. Je mehr er aber seine Matte im Schatten des Mondlichtes verschob, umso nasser wurden seine Kleidungsstücke, denn der Mann verstand nur die Bedingungen bei Tage, nicht aber in der Nacht zu nutzen.

Fu Lang (? – 390)

42. Die Flucht vor dem eigenen Schatten

Ein Mann war beim Anblick seines eigenen Schattens und seiner Fußabdrücke auf der Erde so irritiert und verärgert, dass er beschloss, sich beider zu entledigen. Er fasste den Entschluss, vor ihnen einfach davonzulaufen.
Also stand er auf und lief los. Aber jedes Mal, wenn er einen seiner Füße auf den Boden setzte, entstand wieder ein Fußabdruck und sein Schatten hielt ebenfalls mühelos mit ihm Schritt.
Er überlegte und kam zu dem Resultat, dass er noch nicht schnell genug gelaufen sei. Also lief er immer schneller und schneller, ohne anzuhalten, so lange, bis er schließlich zu Tode erschöpft zu Boden sank.
Hätte er einfach nur ein schattiges Plätzchen aufgesucht, wäre sein Schatten verschwunden, und würde er sich hingesetzt und reglos verhalten haben, könnte es auch keine Fußspur von ihm gegeben haben. Doch dies fiel ihm offensichtlich nicht ein.

Dschuang Dsi (369 – 286 v. Chr.)

43. Der Holzschnitzer

Der Meisterschnitzer Qing aus dem Lande Lu erhielt einst von seinem Landesfürsten den Auftrag, aus kostbarem Holz einen Glockenständer anzufertigen.

Als der Ständer fertig war, gefiel er allen, die ihn betrachteten, so sehr, dass sie meinten, der Ständer könne unmöglich das Werk eines Menschen, sondern müsse von Geistern angefertigt worden sein.

Auch der Fürst von Lu staunte über diese Arbeit und fragte den Schnitzer:

„Worin besteht das Geheimnis Deines Könnens?"

Qing antwortete: „Herr, ich bin nur ein einfacher Handwerker, ich habe kein Geheimnis, aber etwas gibt es schon: Als ich begann, über das Werk nachzudenken, wachte ich über meinen Geist, überanstrengte ihn nicht mit Kleinigkeiten, die keinen Bezug zur Sache hatten.

Ich fastete, um meine Seele zu reinigen und zur Ruhe zu bringen. Nach drei Fasttagen hatte ich Gewinn und Erfolg dieser Welt vergessen, nach fünf Tagen hatte ich Lob und Tadel vergessen, nach sieben Tagen hatte ich meinen Körper mitsamt seinen Gliedern vergessen. Auch war jeder Gedanke an Eure Hoheit und den Hof verflogen, alles Irdische, was mich von der Arbeit hätte ablenken können, hatte sich verflüchtigt. Alle meine Gedanken konzentrierten sich auf das Gelingen des Ständers.

Nun erst konnte ich in den Wald gehen, um mir die Bäume in ihren natürlichen Formen zu betrachten. Erst als mir der eine geeignete Baum vor meine Augen kam, wurde in ihm gleichsam der Glockenständer sichtbar, klar, eindeutig und zweifelsfrei. Ich brauchte nur noch die Hände nach ihm auszustrecken und mit dem Schnitzen zu beginnen. Wäre ich nicht auf diesen Baum getroffen, hätte es keinen Glockenständer gegeben."

Was war dem Schnitzer geschehen? Der auf sein Ziel konzentrierte Sinn des Schnitzers erkannte das verborgene Potential des Holzes bereits im Baum. Aus dieser lebendigen Begegnung des menschlichen Geistes mit dem natürlichen Holz entstand das Werk, das die Betrachter Geistern zuschreiben wollten.

Dschuang Dsi (369 – 286 v. Chr.)

44. Vom Nutzen eines Vergleiches

Will man einem anderen etwas erklären, was dieser noch nicht kennt, kann es vorteilhaft sein, einen Vergleich zum besseren Verständnis zu bemühen.
So war einst ein Mann, der das Fabeltier Qilin[4] noch nie gesehen hatte, aber gern gewusst hätte, wie es aussehen könnte. So fragte er einen Nachbarn, der es bereits kannte:
„Wem ähnelt denn das Qilin?"

---

4 Auch „chin. Einhorn" genannt; gemeinsam mit Drache, Phoenix und Schildkröte eines der 4 Wundertiere/Zauberwesen der chin. Mythologie; Kennzeichen für Liebe und Güte; in der Wortzusammenstellung Qi lin kennzeichnet der Begriff den Dualismus, z. B. die Beziehung von Yin und Yang.

Die Antwort lautete: „Das Qilin ähnelt dem Qilin."
„Hätte ich es jemals gesehen, müsste ich Dich nicht fragen. Wie aber kann ich Dich verstehen, wenn Du mir sagst, das Qilin ähnelt dem Qilin?", entgegnete der Mann.
Nun versuchte der Nachbar die Beschreibung:
„Das Qilin sieht so aus: Sein Körper gleicht dem eines Hirschen, ebenso seine Hufe, sein Schweif dem eines Rindes und sein Rücken dem eines Pferdes."
Nun verstand der Mann recht gut, wie ein Qilin aussehen könnte.

Seng You (445 – 518)

45. Wie der Vater, so die Söhne

Im Staate Qi lebte einst ein reicher Mann, der zwei dumme, unwissende Söhne hatte. Sein kluger und gelehrter Nachbar, Herr Ai Zi, sprach einmal zu dem Reichen:
„Deine Söhne sind zwar recht ansehnlich, aber sie wissen und verstehen von der Welt nichts. Wie sollen die beiden denn eines Tages Deine Wirtschaft führen?"
Da wurde der reiche Mann unwillig und antwortete:
„Meine Söhne sind klug, fleißig und tüchtig. Wieso sollten sie nichts von der Welt verstehen?"
„Nun gut", erwiderte Ai Zi. „Lass sie nichts anderes als eine einfache Frage beantworten: Woher kommt

der Reis, den Ihr täglich esst? Geben sie eine richtige Antwort, will ich gern zugeben, mich geirrt zu haben."
Ai Zi dachte dabei an die schwere Arbeit der Bauern auf den Feldern: das Einsetzen der Rispen, das Schälen und Polieren der Körner und das mühselige Transportieren der schweren Säcke.
Der Reiche rief beide Söhne herbei und fragte sie. Die beiden lächelten herablassend bei der Frage und riefen wie aus einem Mund:
„Das ist doch ganz klar, der Reis kommt aus den Säcken!"
Ihr Vater machte ein enttäuschtes Gesicht und knurrte fragend:
„Ihr Dummköpfe, kommt der Reis denn nicht vom Feld?"

Da sagte Ai Zi: „Wie der Vater, so die Söhne."

Su Shi (1037 – 1101)

46. Ein König, der sich nicht heilen lassen wollte

Im Staate Cai lebte einst ein berühmter Arzt namens Bian Que. Dieser besuchte eines Tages seinen König Huan, betrachtete ihn und sagte:
„Majestät, wie ich sehe, leidet Ihr an einer Krankheit, aber sie betrifft nur Eure Haut und ist nicht schwierig zu behandeln. Lasst mich Euch helfen, sonst kann es

schlimm werden."

„Ich bin vollkommen gesund und habe keine Krankheit", entgegnete ihm König Huan.

Da allgemein bekannt war, dass der König sehr eigensinnig war, wagte Bian Que keine Erwiderung.

Als sich Bian Que entfernt hatte, sagte Huan zu seinem Kanzler in spöttischem Ton:

„Die Ärzte, die keine schwierigen Krankheiten zu heilen vermögen, versuchen immer, die Gesunden zu behandeln. So erschleichen sie sich die Anerkennung von Verdiensten und erlangen ungerechtfertigt Auszeichnungen."

Zehn Tage später besuchte der Arzt den König erneut und machte ihn aufmerksam:

„Majestät, Eure Krankheit hat bereits das Muskelgewebe befallen. Wenn Ihr Euch weiterhin nicht behandeln lasst, dann wird es rasch schlimmer werden."

Da wurde der König unwillig und wandte sich von Bian Que ab.

Nach weiteren zehn Tagen suchte Bian Que den König nochmals auf und sprach mit Nachdruck zu ihm:

„Majestät, das Übel ist schon von den Muskeln in die Adern, Därme und in den Magen übergegangen. Werdet Ihr nicht sofort behandelt, wird es gefährlich für Euch."

Aber wie bisher auch, wurde der König ärgerlich und wandte sich von dem Arzt ab.

Als Bian Que nach abermals zehn Tagen den König aufsuchte, warf er einen langen, aufmerksamen Blick

auf den Kranken – und lief eilends davon.
Darüber wunderte sich der König, schickte einen Diener zu ihm und ließ ihn fragen:
„Warum liefst Du heute so schnell davon, nachdem Du Deinen König betrachtet hattest?"
„Wenn man krank ist an Haut, Muskeln, Adern, Magen und Därmen, dann kann man noch kuriert werden", ließ Bian Que dem König antworten. „Nun aber ist die Krankheit dem König ins Knochenmark gedrungen. Da gibt es keine Heilung mehr. Was sollte ich da beim König tun?"
Fünf Tage später bekam König Huan im gesamten Körper furchtbare Schmerzen und ließ eiligst Bian Que zu sich rufen. Dieser aber war wenige Tage vorher in den Staat Qin geflohen, denn er hatte gewusst, dass der König ihn holen lassen würde und er ihm nicht mehr hätte helfen können.
So starb König Huan unter elenden Schmerzen nach kurzer Zeit.

Han Fei Zi (280 – 233 v. Chr.)

47. Ein Mittel gegen den Tod

Ein Anhänger der Lehre des Dao hörte, dass es einen Mann gäbe, der ein Zaubermittel gegen das Sterben besitze. Diesen Mann wollte er aufsuchen, um das Wundermittel kennen zu lernen und so sein Leben verlängern zu können.

Nach einer langen und beschwerlichen Wanderung erreichte der Daoist endlich das Haus des Mannes. Dieser war jedoch einige Tage vorher an einer Krankheit verstorben.

Der Besucher war betrübt und empfand tiefe Reue, meinte er doch, sich auf seiner Wanderung nicht ausreichend genug beeilt zu haben und so die Auskunft über das Zaubermittel verfehlt zu haben.

Da sprach ihn ein vorbeiziehender Wanderer an: „Warum bist Du so betrübt? Der Mann, von dem Du Auskunft über das Zaubermittel bekommen wolltest, konnte sich doch offensichtlich selbst nicht vor dem Tode schützen. Selbst wenn Du ihn noch lebend angetroffen hättest, was hättest Du von ihm denn lernen können?"

Kong Fu (264 – 208 v. Chr.)

48. Warum einer schönen Frau die Nase abgeschlagen wurde

Der König des Staates Chu erhielt vom Herrscher des Nachbarstaates Wei eine schöne Frau zum Geschenk, die er wegen ihrer strahlenden Schönheit und Jugend abgöttisch liebte.

So musste auch seine Gemahlin, die Königin Zheng Xiu, tun, als gefiele ihr diese Schöne ebenfalls, womöglich noch besser als dem König selbst, obwohl sie die junge Frau aus tiefster Seele hasste.

Sie wählte schöne Kleider und Spielzeug aus, von denen sie glaubte, dass sie der Schönen gefielen, und schenkte sie ihr. Ihr Gatte lobte die Königin dafür:

„Da ich diese Schönheit liebe, liebst auch Du sie, sogar noch mehr als ich selbst. Darin zeigt sich die wahre Treue eines Untertanen oder die echte Ehrerbietung der Kinder gegenüber ihren Eltern."

Als die Königin sicher zu sein glaubte, dass ihr Gemahl keinerlei Argwohn wegen ihres Hasses auf die schöne Frau hegte, sagte sie zu jener:

„Der König liebt Dich sehr, jedoch stört ihn Deine Nase. Du solltest, wenn Dich der König ansieht, mit einer Hand Deine Nase zuhalten und verdecken. Der König wird Dich dann umso mehr und dauerhafter lieben."

Die Schöne hörte auf den Rat der Königin und tat, wie ihr geheißen. Der König wunderte sich über das plötzliche ungewohnte Verhalten seiner Gespielin und fragte die Königin:

„Weißt Du, warum sich meine Schöne stets die Nase zuhält, wenn sie mir begegnet?"

Die Königin tat ahnungslos und erwiderte:

„Das weiß ich nicht."

Erst nachdem der König immer wieder nachfragte, antwortete sie ihm schließlich:

„Neulich sagte sie zu mir, der Gestank Eures Leibes sei ihr zuwider."

Als der König das vernommen hatte, war er außer sich vor Zorn. Ohne die Schöne selbst zu befragen, befahl er seiner Leibgarde, der schönen jungen Frau umgehend die Nase abzuschlagen.
Die Königin hatte zuvor den Soldaten der Leibgarde eingeschärft, alle Befehle des Königs, die er an diesem Tag erteilen werde, besonders eifrig zu befolgen. So schwangen sie dienstbeflissen ihre Messer und schlugen der Schönen ihre Nase ab.

Han Fei Zi (280 – 233 v. Chr.)

49. Der letzte Rat eines weisen Kanzlers

Zichan, der Kanzler im Staate Zheng, war schwer erkrankt. Auf dem Sterbebett liegend, sagte er zum Minister You Ji:
„Du wirst gewiss nach meinem Tod die Regierungsgeschäfte im Land übernehmen. Ich empfehle Dir, ein strenges Regime zu führen, höre dazu einen Vergleich: Das Feuer sieht mörderisch aus, daher verbrennen sich nur selten Menschen daran; das Wasser dagegen sieht schwach aus, deshalb sind schon viele Menschen darin ertrunken. Du musst also unnachsichtig auf die Einhaltung des Gesetzes bestehen, sonst wird zu leicht und oft dagegen verstoßen."
Nachdem Zichan verstorben war, wurde You Ji tatsächlich Kanzler, mochte jedoch kein strenges Regime

führen. Deshalb war es möglich, dass sich viele junge Leute im Huanfu-Moor zusammenrotteten. Hier konnten sie sich gut verstecken und die Ortschaften der gesamten Umgebung plündern. Diese Plünderungen wurden ständig ausgeweitet und so allmählich zu einer ernsten Bedrohung für das ganze Land.
Sollten Ruhe und Frieden im Land wieder hergestellt werden, blieb You Ji als Ausweg nur, sich an die Spitze einer Soldatengruppe zu stellen und die Plünderer niederzukämpfen.

Der Kampf dauerte einen Tag und eine Nacht, erst dann waren die Diebesbanden bezwungen.
You Ji stieß einen tiefen Seufzer der Erleichterung aus und erinnerte sich:
„Hätte ich doch nur früher den letzte Rat Zichans befolgt, müsste ich heute nicht solche tief empfundene Reue empfinden."

Han Fei Zi (280 – 233 v. Chr.)

50. Mit fernen Wassern ist ein naher Brand nicht zu löschen

Der Fürst Mu aus dem Staat Lu beabsichtigte, seine beiden Söhne nicht in den benachbarten kleinen Staat Qi zu Studienzwecken zu entsenden, sondern die Prinzen sollten sich in den mächtigen, aber weit entfernten Staaten Jin im Westen und Chu im Süden auf ihre zukünftigen hohen Ämter vorbereiten. Der Fürst beabsichtigte außerdem, durch die Prinzen Schutz und Sicherheit für sein kleines Reich von Seiten der Staaten Jin und Chu zu erreichen.

Der Beamte Li Chu aber gab zu bedenken:
„Wie kann man ein Kind, das ins Wasser gefallen ist, retten wollen, indem man jemanden aus den weit entfernten Staaten Jin oder Chu zu Hilfe holt, auch wenn die Gerufenen ausgezeichnete Schwimmer sind? Wie kann man ein Feuer löschen wollen, indem man das Wasser an Stelle vom nahen Fluss aus dem weit entfernten Meer holt, auch wenn es im Meer viel, viel mehr Wasser als im Fluss gibt? Mit fernem Wasser ist ein naher Brand nicht zu löschen! Die Staaten Jin und Chu sind zwar mächtig, aber sie können uns nicht helfen, wenn wir in Gefahr sind. Zu weit liegen sie von uns entfernt!"

Han Fei Zi (280 – 233 v. Chr.)

51. Zwei Empfehlungen eines Weisen

Der Fürst Ping des Staates Jin fragte einst seinen Minister Qi Huangyang:
„In Nanyan gibt es zur Zeit keinen Kreisbeamten. Wer könnte nach Deiner Meinung dieses Amt übernehmen?"
„Xie Hu", antwortete Qi Huangyang.
„Ist Xie Hu nicht Dein ärgster Feind?", fragte der Fürst zurück.
„Das ja, aber Ihr habt mich gefragt, wer das Amt des Kreisbeamten in Nanyan übernehmen könnte, und nicht, wer mein ärgster Feind ist."
„Da hast Du recht."
So übertrug Fürst Ping das Amt an Xie Hu und die Menschen im Land äußerten sich alsbald anerkennend über den neuen Kreisbeamten.
Einige Zeit später fragte Fürst Ping wiederum Qi Huangyang:
„Wir haben derzeit niemanden, der die militärischen Angelegenheiten unseres Landes regelt. Wer wäre aus Deiner Sicht dafür geeignet?"
„Qi Wu", gab Qi Huangyang zur Antwort.
„Ist Qi Wu nicht Dein Sohn?"
„Das ja, aber Ihr habt mich gefragt, wer die militärischen Angelegenheiten des Landes regeln kann, und nicht, wer mein Sohn ist."
„Da hast Du wieder recht."
So trug Fürst Ping Qi Wu das Amt des Kriegsminis-

ters an und alle Menschen des Landes waren bald des Lobes über den neuen Minister voll.

Als Konfuzius von alldem hörte, sagte er:

„Wie weise doch Qi Huangyang geraten hat! Bei der Empfehlung Fernstehender ließ er nicht einmal seinen ärgsten Feind außer Acht; bei der Empfehlung Nahestehender mied er nicht den eigenen Sohn."

Lü Buwei (? – 235 v. Chr.)

52. Die Begegnung Niu Ques mit Räubern

In der Stadt Shangdi im Staat Qin lebte einst Niu Que, ein Mann von großer Weisheit und Gelehrsamkeit.

Als er eines Tages nach Handan, der Residenz des Staates Zhao, reiste, begegnete ihm unterwegs in Ousha eine Räuberbande. Die Räuber wollten zuerst sein Geld, also schüttete er die Geldtasche aus und gab ihnen seine gesamte Barschaft. Danach wollten sie sein Reisegepäck, dies gab er ihnen ebenfalls. Sie verlangten seinen Pferdewagen und um sie nicht zu reizen, gab er den Räubern auch den.

Nun hatte Niu Que nur noch die Kleidung, die er auf dem Körper trug, und glaubte, die Räuber würden ihn in Ruhe ziehen lassen, verließ Ousha und ging weiter den Weg nach Zhao.

Die Räuber bemerkten, dass der vollständig ausge-

plünderte Niu Que ruhig und gelassen blieb. Sie begannen über den Ausgeplünderten nachzudenken:
„Allem Anschein nach ist dieser Mann eine hochgestellte Persönlichkeit. Da wir ihn soeben tief beleidigt haben, wird er uns sicher beim König für unser Tun verklagen. Die königlichen Häscher werden uns suchen, fangen und der König wird uns dann hinrichten lassen. Es wäre für uns wohl besser, wir bringen den Fremden einfach um."
So verfolgten sie Niu Que noch dreißig Meilen weit und töteten ihn dann.

Lü Buwei (? – 235 v. Chr.)

53. Der Verlust eines Gewandes

Ein Mann namens Cheng Zi aus dem Staat Song verlor eines Tages während eines Spazierganges sein schwarzes Gewand. Eilig lief er auf die Straße, um danach zu suchen.
Er erblickte eine Frau, die einen schwarzen Überhang trug. Cheng Zi rannte auf sie zu, packte sie bei den Schultern und wollte ihr das Kleidungsstück abnehmen. Er sagte zu ihr:
„Mir ist heute ein schwarzes Gewand verloren gegangen!"
„Sie haben wohl ein schwarzes Gewand verloren",

entgegnete die Frau, „aber was ich trage, habe ich mir mit eigenen Händen genäht."
„Geben Sie es mir lieber schnell!", sagte Cheng Zi. „Das, was ich verloren habe, ist ein gefüttertes Gewand, aber Sie tragen nur einen ungefütterten Überhang. Ist es nicht zu Ihrem Vorteil, dass Sie einen ungefütterten Überhang gegen ein gefüttertes Gewand eintauschen?"

Lü Buwei (? – 235 v. Chr.)

54. Das Gespenst

Im Norden des Staates Liang lag früher das Dorf Liqiu. Dort hauste ein Gespenst, das sich geschickt in Söhne, Neffen oder Brüder von Dorfbewohnern verwandeln konnte.

Ein Alter, der am Dorfrand wohnte, betrank sich eines Tages auf dem Markt und torkelte nach Hause. Das Gespenst bemerkte ihn, verwandelte sich in seinen Sohn, stützte ihn am Arm und spielte ihm auf dem gesamten Heimweg üble Streiche.
Nachdem der Alte am anderen Morgen aus seinem Rausch erwacht war, beschimpfte er seinen Sohn:
„Was denkst Du Dir, ich bin Dein Vater! Empfindest Du keine Vaterliebe für mich? Als ich gestern betrunken auf dem Weg nach Hause war, quältest und neck-

test Du mich absichtlich die ganze Zeit, warum hast Du das getan?"

Der Sohn berührte weinend mit der Stirn den Boden des Hauses und sprach:

„Ich bin unschuldig! Ich bin unschuldig! Was Du sagst, ist nicht wahr, ich war gestern im östlichen Teil unseres Dorfes, um ausstehende Schulden einzutreiben. Das kann ich beweisen!"

Der Vater glaubte seinem Sohn.

„Na, dann war es sicher das Dorfgespenst. Ich habe davon schon mehrfach gehört."

Am nächsten Tag ging der Alte wieder auf den Markt und trank absichtlich wieder viel Wein, wollte er doch auf dem Heimweg das Gespenst erneut treffen, um es zu töten.

Der Sohn aber fürchtete, dass sein Vater in betrunkenem Zustand den Heimweg nicht finden könnte, und kam ihm auf halbem Weg entgegen.

Der Alte sah wohl seinen Sohn, hielt ihn jedoch für das Gespenst. Er griff rasch zu seinem Schwert und tötete ihn.

Der Alte ließ sich von dem Gespenst, welches genau wie sein Sohn aussah, täuschen und tötete im Rausch sein eigenes Kind.

Lü Buwei (? – 235 v. Chr.)

55. Wie der Gelehrte Chengyang Nü einen Brand löschen wollte

Während eines Unwetters fing das Dach des Hauses von Chengyang Kan aus dem Staat Zhao Feuer. Er wollte das Feuer löschen, hatte aber keine Leiter, um auf das Dach zu klettern. Deshalb schickte er seinen Sohn, Chengyang Nü, einen Stubengelehrten, zu Ben Shui Shi, um eine Leiter zu borgen.

Anständig gekleidet schritt Chengyang Nü in aller Ruhe würdevoll davon. Als er bei Ben Shui Shi eintraf, faltete er die Hände vor seiner Brust, machte drei tiefe höfliche Verbeugungen vor ihm, kam dann ins Wohnzimmer und saß stumm auf seinem Platz.

Ben Shui Shi ließ eilends ein Festessen für den Gast bereiten und bot ihm Wein an. Chengyang Nü erhob sich, trank langsam den Wein und erwiderte den Trinkspruch des Gastgebers. Dann begaben sich beide zu Tisch, um zu speisen. Nach alter Sitte fragte Ben Shui Shi erst danach den Gast nach seinem Begehr.

Nun erst sprach Chengyang Nü:

„Unser Haus traf ein unerwartetes Unglück. Es ist ein großes Feuer ausgebrochen, das schon das Gebälk des Daches erreicht hat. Wir wollen auf das Dach klettern, um Wasser in das Feuer zu gießen. Leider haben wir aber keine Leiter und auch keine Flügel. Die gesamte Familie kann nichts weiter tun, als auf das brennende Haus sehen und weinen. Man sagt, Ihr hättet eine Leiter, könnt Ihr sie uns ausleihen?"

Da sprang Ben Shui Shi hastig auf:
„Ihr seid ja vollkommen weltfremd! Wenn man auf einem Berg isst und ein Tiger naht, dann spuckt man das Essen doch sofort aus und flieht; wenn man sich am Fluss die Füße wäscht und ein Krokodil taucht plötzlich aus dem Wasser, dann wirft man schnell seine Schuhe weg und rennt davon, so schnell es geht! Jetzt brennt Euer Haus, ist es da die rechte Zeit, die Hände zu falten und Verbeugungen zu machen?"

Sofort trug Ben Shui Shi seine Leiter herbei und rannte, so schnell er konnte, mit Chengyang Nü zu dessen Haus. Als sie aber dort ankamen, war das Haus längst zu Asche verbrannt.

Song Lian (1310 – 1381)

56. Eine Gottesanbeterin will einen Pferdewagen anhalten

Als der Fürst Zhuang aus dem Staat Qi einst mit einem Pferdewagen zur Jagd fuhr, sah er, wie eine Heuschrecke ihre Vorderbeine anhob, um sich dem Rad seines Pferdewagens entgegenzustellen. Er fragte den Gespannführer:
„Was ist denn das für eine Heuschrecke?"
„Das ist eine Gottesanbeterin", gab der Gespannführer zur Antwort. „Gottesanbeterinnen können sich

nur vorwärts bewegen und nicht zurückweichen. Außerdem überschätzen sie immer ihre eigenen Kräfte und verachten jeden Feind."

Da sagte Fürst Zhuang: „Wäre diese Gottesanbeterin ein Mensch, sie wäre wahrlich der tapferste Soldat der Welt."
Er befahl dem Gespannführer, den Wagen so zu lenken, dass sie der Gottesanbeterin ausweichen konnten. Die Soldaten, die den Fürsten begleiteten, hatten alles mitgehört und verstanden. Sie nahmen sich vor, zukünftig stets ihr Bestes zu geben – und sei es auch ihr Leben.

Han Ying (200 – 130 v. Chr.)

57. Die Furcht eines Frosches

Ai Zi trieb mit seinem Boot auf dem Meer. Eines Abends trieben ihn Strömungen und Winde zu einer Insel. Sie gefiel ihm und er wollte über Nacht bleiben. Als er bereits im Halbschlaf lag, hörte er in der Nähe ein Klagen und Weinen. Es war ihm auch, als wenn er Stimmen hörte. Aufmerksam lauschte er in die Nacht.
Da sagte die eine Stimme:
„Gestern hat der Drachenkönig befohlen, dass die von den Wassertieren, die einen Schwanz haben, enthauptet werden müssen. Ich bin ja ein Alligator und weine

aus Furcht vor der Enthauptung. Aber Du, Frosch, hast doch keinen Schwanz, warum weinst denn Du?"
„Ja, zum Glück habe ich heute keinen Schwanz mehr", erwiderte die andere Stimme, „aber ich fürchte, dass man meine Herkunft untersuchen wird, und als Kaulquappe hatte ich ja noch einen Schwanz."

Su Dongpo (1037 – 1101 n. Chr.)

58. Ein Gastmahl bei dem bekannten Dichter Su Dongpo

Der bekannte Dichter Su Dongpo, der am Fuße des Berges Qi wohnte, hörte, dass Schweinefleisch aus der Gegend von Heyang besonders schmackhaft sei. Sofort sandte er einen Diener nach Heyang, um einige Schweine zu kaufen.

Der Diener aber war ein Trinker. Anfangs des Weges trank er, eingedenk der Ermahnungen Su Dongpos, keinen Tropfen und führte seinen Auftrag so umsichtig wie möglich aus und alles ging gut. Nachdem er aber die Schweine gekauft hatte und schon beinahe wieder zu Hause war, konnte er dem Drang nach Alkohol nicht widerstehen und trank so lange, bis er vollkommen betrunken war.

Da geschah etwas Schlimmes: Während er sich betrank, liefen ihm die Schweine davon. Und obwohl er sie überall suchte, fand er sie nicht wieder. Da er sich nicht traute, ohne Schweine nach Hause zu kommen, erwarb er auf eigene Kosten in der Nähe des Qi-Berges einige Schweine und gab sie als die von Heyang aus.

Damit viele seiner Freunde das schmackhafte Fleisch der Schweine von Heyang genießen sollten, lud Su Dongpo viele Gäste zu einem würdigen Festessen ein. Der Dichter war ein berühmter Mann und die Gäste glaubten alles, was er sagte. So lobten alle das Schweinefleisch von Heyang: Es sei aromatisch, fett und wohlschmeckend.
Während die Gäste sich noch anerkennend über das Schweinefleisch äußerten, meldeten Diener von Su Dongpo, dass ihn einige Bewohner aus der Gegend zu sprechen wünschten. Su Dongpo ließ sie vor und sie übergaben ihm die entlaufenen Schweine aus Heyang. Sie hatten die Tiere eingefangen und wollten sie ihrem Besitzer bringen.

Nun war es allen Gästen peinlich. Sie schämten sich wegen ihres falschen Lobes und der Teilhabe an der Blamage Su Dongpos. Einer nach dem anderen schlich sich von dem Gastmahl davon.

Liu Yuanqing (1544 – 1609)

59. Wann kennt man einen anderen Menschen wirklich?

Konfuzius und seine Schüler wurden einst auf einer Wanderschaft vom Staat Chen in den Staat Chu von Räubern umzingelt und vom Weg abgeschnitten. Sieben Tage lang bekamen sie kein Essen, weder Reis, noch nicht einmal einfache Kräutersuppen aus Wiesenkräutern. Sie wurden so schwach, dass sie auch tagsüber liegen mussten.

Am achten Tag gelang es dem Schüler Yan Hui etwas Reis zu beschaffen und er begann sofort, ihn zu kochen.

Als der Reis fast gar war, sah Konfuzius von weitem, wie Yan Hui in den Kessel griff und sich eine Hand voll Reis in den Mund schob. Als der Reis fertig gekocht war, trat Yan Hui an Konfuzius heran und bat ihn ehrerbietig zum Essen.

Konfuzius tat, als habe er nicht bemerkt, wie jemand von dem Reis genommen hatte. Er stand von seinem Lager auf und sagte zu Yan Hui:

„Soeben träumte ich von meinem verstorbenen Vater. Wenn der Reis sauber ist, möchte ich ihm etwas davon opfern."

„Das geht nicht!", sagte der Schüler. „Der Reis ist nicht sauber. Etwas schwarzer Staub fiel vorhin in den Kessel und verschmutzte den Reis. Ich fand, es wäre schade, ihn wegzuwerfen, und habe mit der Hand davon gegessen."

Da stieß Konfuzius einen Seufzer aus und sprach zu allen Schülern:
„Man kann seinen eigenen Augen trauen, jedoch nicht immer; man kann seinem eigenen Gehirn trauen, jedoch nicht immer.
Merkt es Euch, meine Schüler! Es ist nicht leicht, einen Menschen wirklich zu kennen."

Lü Buwei (? – 235 v. Chr.)

60. Ein wahrer Liebhaber von Antiquitäten

Während der Qin-Dynastie lebte ein Gelehrter, der Antiquitäten über alles schätzte. Wie teuer sie auch immer waren, er versuchte jedes Mal, sie um jeden Preis zu erwerben.

Eines Tages kam ein Fremder mit einer abgenutzten, durchlöcherten Strohmatte zu ihm und sagte:
„In den ganz alten Zeiten, als sich Fürst Ai aus dem Staat Lu bei Konfuzius nach der Lage des Staates erkundigte, pflegte Konfuzius auf dieser Matte zu sitzen."
Der Gelehrte war hocherfreut, glaubte er doch, eine uralte, kostbare Antiquität vor sich zu haben, die er gern gehabt hätte. So tauschte er sein gesamtes Land in der Vorstadt gegen die Strohmatte ein.

Kurze Zeit später kam ein anderer alter Mann mit einem Krückstock zu ihm und sprach:

„Dies war der Stock, mit dem Kaiser Tai aus der Zhou-Dynastie von Bin nach Qi ging, als er vor den Eindringlingen des Volkes Di floh. Er ist mehrere hundert Jahre älter als die Matte von Konfuzius, die Du vor einiger Zeit erworben hast. Womit willst Du mich dafür belohnen?"

Da gab ihm der Gelehrte sein gesamtes Geld.

Wieder einige Zeit später kam ein dritter Mann mit einer nahezu vollständig verfaulten Holzschüssel zu dem Gelehrten und sagte zu ihm:

„Meine Holzschüssel stammt noch aus der Regierungszeit des Kaisers Jie der Xia-Dynastie. Sie ist viel, viel älter als Eure Matte und der Stock. Was willst Du mir dafür geben?"

Der Gelehrte zweifelte nicht an den Worten des Mannes und tauschte all sein Hab und Gut gegen die Holzschüssel ein.

Nun besaß der Gelehrte zwar drei wertvolle Antiquitäten, aber dafür litt er sehr an Nahrung und Kleidung. Trotzdem bewahrte er sich seine Vorliebe für Antiquitäten und er wollte keineswegs auf seine Schätze verzichten.

So hängte er sich die durchlöcherte Strohmatte um, nahm die verfaulte Holzschüssel in die eine, den Krückstock in die andere Hand und ging auf die Straße betteln, indem er rief:

„Wohltätige Almosenspender, gebt mir bitte eine alte Münze aus der Zhou-Dynastie!"

Chen Yuanjing (1127 – 1279)

61. Der Preis für eine Laute

Gong Zhiqiao war ein geschickter Handwerker. Eines Tages erwarb er ein Stück Holz von außergewöhnlicher Qualität, aus dem er eine Laute schnitzte. Er spannte die Saiten auf und erprobte sein Instrument. Der Klang der Laute war hell, so, als sei sie aus Metall und Jade. Die Laute gefiel ihm sehr und er glaubte fest daran, dass dieses Instrument die wunderbarste Laute auf Erden sei.
Er bot sie den Zeremonienmeistern am Kaiserhof zum Kauf an. Diese ließen den besten Meister für Musikinstrumente des Landes die Laute begutachten. Der Meister prüfte sie und sagte:
„Nicht antik. Nur alte Instrumente sind würdig, vor dem Kaiser gespielt zu werden!"
Da gaben die Zeremonienmeister Gong Zhiqiao die Laute zurück.
Gong Zhiqiao brachte sie wieder in sein Haus. Er besprach sich mit einem Lackierer und ließ viele künstliche Risse auf die Laute auftragen. Danach zog er einen Graveur zu Rate und ließ noch einen Spruch in altertümlicher Schrift eingravieren. Danach legte

er die Laute in einen Kasten und vergrub sie damit in der Erde.

Nach einem Jahr grub er die Laute wieder aus und trug sie zum Verkauf auf den Markt. Dort sah sie ein Edelmann. Der kaufte das Instrument für einhundert Goldstücke und überreichte sie als wertvolles Geschenk dem Kaiser.

Die Laute ging unter den Zeremonienmeistern von Hand zu Hand und alle bestaunten das Instrument. Alle waren der Meinung:

„Was ist das für ein seltener Schatz!"

Liu Ji (1311 – 1375)

62. Eine Tyrannei ist grausamer als ein hungriger Tiger

Als Konfuzius auf einem Ausflug mit seinen Schülern in einem Pferdewagen am Berg Tai vorüberfuhr, sah er in einiger Entfernung eine Frau an einem Grab stehen, die herzzerreißend weinte.

Ergriffen ließ er den Wagen anhalten und schickte einen seiner Schüler zu ihr und ließ fragen:

„Ihr weint so bitterlich, was für ein Unglück hat Euch denn getroffen?"

„Ein hungriger Tiger hat zuerst meinen Schwiegervater, später meinen Mann und jetzt noch meinen einzigen Sohn getötet", antwortete die Frau.

Konfuzius war erschüttert und fragte:
„Aber warum hat denn Eure Familie diese gefährliche Gegend nicht verlassen?"
„Weil es hier keine grausamen Gesetze, keine drückenden Steuern und nur niedrige Abgaben zu leisten gibt", erwiderte die Frau.

Während sie weiterfuhren, sprach Konfuzius seufzend zu seinen Schülern:
„Ihr jungen Leute solltet Euch merken: Eine Tyrannei ist noch grausamer als ein hungriger Tiger."

Dai Sheng (ca. 1. Jh. v. Chr.)

63. Frauen, die sich als Männer verkleiden

Der König Ling hatte seine Freude daran, wenn sich die Frauen in seinem Palast als Männer verkleideten. Diese eigenartige Sitte verbreitete sich bald im ganzen Land und alle Frauen verkleideten sich als Männer.
Dies missfiel dem König, wollte er diese Besonderheit doch nur auf den Palast begrenzt wissen. Deshalb hieß er seine Beamten, dies zu unterbinden, und sagte:
„Zerreißt den Frauen außerhalb des Palastes notfalls die Kleidung, wenn sie sich weiter als Männer verkleiden!"
Bald danach sah man überall, dass Kleider und Gürtel der Frauen zerrissen wurden. Die Sitte aber konnte

damit nicht unterbunden werden.

Eines Tages besuchte Yan Zi den König Ling. Der Herrscher fragte seinen Gast:

„Ich habe durch Beamte verbieten lassen, dass sich im Land Frauen als Männer verkleiden. Überall wurden die Kleidung und Gürtel von verkleideten Frauen zerrissen. Warum aber hört diese Mode trotzdem nicht auf?"

Yan Zi antwortete:
„Majestät, Ihr tretet im Palast für diese Sitte ein, verbietet sie aber außerhalb. Das ist etwa so, als ob über der Tür eines Fleischerladens ein Rinderkopf aushängt, aber im Geschäft nur Pferdefleisch verkauft wird. Verbietet diese Sitte auch im Palast, dann werden auch die Frauen außerhalb nicht länger wagen, sich weiter zu verkleiden."
„Gut!", sprach der König. Und er verbot auch im Palast, dass sich Frauen als Männer verkleiden dürfen.

Nach weniger als einem Monat gab es im ganzen Land keine Frau mehr, die als Mann verkleidet umherlief.

Yan Zi (eigentlich Yan Ying; vor 500 v. Chr.)

64. Zwei Heiratsanträge

Im Staat Qi lebte eine junge und schöne Frau, der gleichzeitig zwei Männer Heiratsanträge machten.
Der eine von diesen beiden, er wohnte östlich von ihr, war hässlich, aber sehr reich. Der andere dagegen, er wohnte in westlicher Richtung von ihr, war schön, aber arm.

Die Eltern der jungen Frau mochten nicht für ihre Tochter entscheiden, wen diese heiraten solle, sondern ließen sie selbst eine Wahl treffen. Sie sagten zu ihr:
„Wenn Du nicht sagen möchtest, wen Du ehelichen würdest, dann entblöße eine Deiner Schultern, damit wir Deinen Wunsch erkennen können."
Da entblößte die Tochter ihre beiden Schultern.
Die Eltern waren überrascht und wunderten sich über die Entscheidung ihrer Tochter. Sie fragten, was das bedeuten solle. Die junge Frau antwortete:
„Ich möchte im Osten essen und im Westen wohnen."

Ying Shao (153 – 196)

65. Ein geschickter Bogenschütze

Der König des Staates Wei saß einmal mit dem berühmten Bogenschützen Geng Lei zusammen. Beide blickten zu den umherfliegenden Vögeln hinauf. Da sagte Geng Lei zum König:
„Ich könnte Euch einen Vogel schießen, auch wenn ich nur die Bogensehne ohne einen Pfeil aufzulegen, spanne."
Der König fragte: „Kannst Du wirklich so gut mit Deinem Bogen umgehen?"
„Ja", gab Geng Lei zur Antwort.
Nach einer Weile flog eine einzelne Wildgans von Osten her über die beiden Männer hinweg. Geng Lei nahm seinen Bogen zur Hand und spannte nur die Sehne, ohne auch, wie üblich, einen Pfeil aufzulegen. Als er die Sehne entspannte, fiel die Gans zu Boden. Der König war erstaunt und fragte:
„Wieso ist so etwas möglich?"
„Das ist eine verletzte und verlassene Wildgans", antwortete Geng Lei.
„Woher weißt Du das, Meister?", wollte der König weiter wissen.
„Sie flog langsam und rief jämmerlich nach ihren Artgenossen. Sie flog deshalb so langsam, weil sie eine alte Wunde schmerzte, und sie rief jämmerlich, weil sie ihre Wildgänseschar schon lange verlassen hatte. Also ist ihre alte Wunde noch nicht verheilt und die Gans war verängstigt. Als sie nun das Geräusch der

entspannten Bogensehne hörte, schlug sie rascher und kräftiger mit den Flügeln. Dabei riss ihre alte Wunde wieder auf und die Wildgans fiel herab."

Liu Xiang (77 – 6 v. Chr.)

66. Der Verkauf eines Pferdes

Schon seit drei Tagen stand ein Mann mit seinem guten Pferd, das er verkaufen wollte, auf dem Markt der Stadt. Aber niemand erkannte, dass es ein ausgezeichnetes Tier war, niemand interessierte sich dafür.
Deshalb ging der Mann am Abend des dritten Tages zu Bo Le, einem der besten Pferdekenner seiner Zeit, und sagte zu ihm:
„Ich habe hier ein gutes Pferd zu verkaufen. Seit drei Tagen biete ich es auf dem Markt feil, aber niemand hat mich nach dem Preis für das Pferd gefragt. Bitte kommt Ihr doch morgen auf den Markt und seht Euch mein Pferd genau an. Wenn Ihr dann geht, wendet Euren Kopf dann noch einmal, um es nochmals anzuschauen. Ich werde es Euch gut entlohnen."
Bo Le prüfte das Pferd selbst und war einverstanden. Er ging am nächsten Tag auf den Markt und betrachtete das Pferd von allen Seiten. Beim Weggehen wendete er nochmals seinen Kopf und warf einen langen Blick auf das Tier.
Sofort eilten einige Kaufinteressenten herbei und wa-

ren bereit, ein Zehnfaches des ursprünglich festgelegten Preises für das Pferd zu zahlen.

Liu Xiang (77 – 6 v. Chr.)

67. Die Schildkröte

Dschuang Dsi angelte wie jeden Tag mit seiner Bambusstange am Fluss Pu. Der Fürst des Staates Chu sandte seinen Vizekanzler mit einer Ernennungsurkunde zum Premierminister zu ihm.
Dschuang Dsi jedoch achtete nicht darauf, sondern hielt weiter seine Bambusangel in den Pu und sagte, ohne sich auch nur nach dem Vizekanzler umzusehen: „Man hat mir erzählt, es gäbe eine heilige Schildkröte in Chu, die vor dreitausend Jahren geopfert und heilig gesprochen wurde. Vom Fürsten hoch verehrt, ruht sie, in Seide gehüllt, in einem kostbaren Schrein auf einem Altar in einem Tempel. Was meint Ihr, ist es besser, sein Leben aufzugeben und eine heilige Hülle zu hinterlassen, die in einer Weihrauchwolke dreitausend Jahre lang als Kultwesen verehrt wird, oder am Leben zu bleiben als ganz gewöhnliche Schildkröte, die ihren Schwanz durch den Schlamm eines Ufers schleift?"
„Für die Schildkröte", sagte der Vizekanzler, „ist es wohl besser, wenn sie am Leben bleibt und ihren Schwanz im Schlamm nachschleift!"

„So geht wieder!", erwiderte Dschuang Dsi. „Lasst mich hier, dann kann auch ich meinen Schwanz im Schlamm nachschleifen!"

>Dschuang Dsi (369 – 286 v. Chr.)

68. Der Mann, der sich als Tiger verkleidete

Ein Mann aus dem Staate Chu litt sehr unter den Verlusten, die Füchse unter seiner Schafherde anrichteten. Er versuchte mit allen Mitteln, die Räuber zu fangen, aber es gelang ihm nicht.
Eines Tages sagte jemand zu ihm:
„Der Tiger ist das gefährlichste Tier hier in der Gegend. Wenn ihn die Tiere erblicken, dann sind sie von panischen Ängsten ergriffen, legen sich auf ihre Bäuche und warten nur noch auf ihren Tod."
Also ließ sich der Mann aus Holz eine Tigerfigur anfertigen, bedeckte sie mit einem Tigerfell und stellte sie vor das Fenster auf die Wiese. Der erste Fuchs kam, sah die Tigerfigur und fiel, vor Schreck schreiend, tot zu Boden.

Am nächsten Tag zerwühlte ein Wildschwein die Äcker des Mannes. Da ließ er die Tigerfigur im Gebüsch am Ackerrain aufstellen und seinen Sohn mit einer Lanze den Hauptweg zum Acker versperren. Dann schrien alle Nachbarn auf dem Feld, so dass das

Wildschwein ins Gebüsch flüchten wollte. Dort stieß es auf die Tigerfigur, kehrte sofort um und wollte auf dem Hauptweg entkommen. Dort konnte es vom Sohn des Mannes gefangen werden.

Der Mann war hocherfreut und nahm an, durch Verwendung der Tigerfigur alle Tiere in seiner Gegend überwältigen zu können.

Da tauchte eines Tages auf dem Feld ein pferdeartiges Tier mir starken Stoßzähnen auf. Sofort streifte der Mann sich das Tigerfell selbst über den Körper und wollte zu dem Tier laufen, um es zu vertreiben.

Dieses Tier aber war ein Bo[5], vor dem selbst Tiger nicht in der Lage sind, sich zu schützen. Die Nachbarn riefen und warnten ihn, er solle umkehren, sonst würde ihn ein großes Unheil treffen. Der Mann aber hörte nicht mehr auf sie, sondern lief weiter auf das Bo zu, denn er war überzeugt, das fremdartige Wesen mittels seines Tigerfelles vertreiben zu können.

Das pferdeartige Tier brüllte aber nur kurz auf, stürzte sich auf den Mann, biss ihn und riss ihm den Kopf ab, so dass er augenblicklich verstarb.

Liu Ji (1311 – 1375)

---

5 Chinesisches, pferdeähnliches Fabelwesen; ausgestorbenes königliches Einzeltier, weiß, mit schwarzem Schwanz, einem Horn zwischen den Ohren und krallenbesetzten Pfoten wie eine Raubkatze. Es gibt trommelartige Geräusche von sich, seine Hauptnahrung sind Tiger und Leoparden.

69. Die Rettung eines ertrinkenden Tigers

Nach tagelangen Regenfällen stürzten eines Abends tosende Bäche aus den Bergen auf eine kleine Ortschaft im Süden Chinas, brachten Häuser zum Einsturz und ließen deren Trümmer in den tosenden Wassern treiben. Die Menschen im Ort hielten sich an Hölzern fest oder kletterten auf Bäume und Dächer. Sie weinten und schrien um Hilfe.
Ein vorbeiziehender Daoist erkannte die Lage der Menschen. Er besorgte ein großes Boot und hieß diejenigen, die gut schwimmen konnten, sich mit Stangen und Seilen an den Ufern aufzustellen, um damit vorbeitreibende Menschen an Land ziehen zu können. Er selbst besorgte sich einen Regenumhang, Regenschuhe und einen Regenhut, um mit dem Boot im Wasser treibende Menschen retten zu können. Durch das Eingreifen des Mannes konnten viele Menschen gerettet werden.
Die Arbeiten dauerten die ganze Nacht über. Gegen Morgen trieb ein Tier am Boot des Daoisten vorbei. Dieser dachte: „Das ist auch ein hilfsbedürftiges Lebewesen, ich muss es auch retten." Er zog das Tier in sein Boot und erkannte sofort, dass es ein Tiger war. Anfangs war das Tier verwirrt und leckte sich sein Fell. Aber als der Mann mit dem Boot in die Nähe des Ufers gelangte, brüllte der Tiger plötzlich auf, stürzte sich auf den Daoisten und riss ihn zu Boden.
Die Leute am Ufer eilten herbei, um zu helfen. Sie

konnten den Mann wohl aus den Klauen des Tigers befreien, aber er war bereits tot.

Liu Ji (1311 – 1375)

70. Die Opferschweine

Der Großaugur, der Schweine opferte, um dann aus ihren Innereien die Zukunft zu lesen, kam, in seine langen, dunklen Roben gekleidet, zum Schweinepferch und sprach zu den Tieren:
„Ich gebe euch einen guten Rat! Klagt nicht darüber, dass ihr bald sterben müsst. Gebt euren Widerwillen gegen den Tod auf! Bedenkt doch nur, dass ich euch von jetzt an drei Monate lang mit ersehntem Getreide füttern werde. Ich dagegen werde pflichtgemäß zehn Tage Askese üben und drei Tage lang fasten. Dann werde ich Grasmatten ausbreiten und eure Schinken und Schulterstücke auf kunstvoll geschnitzten Platten höchst feierlich opfern. Was wollt ihr mehr?"
Er besann sich kurz und als gerechter Mann betrachtete er dann die Angelegenheit auch aus der Sicht der Schweine:
„Natürlich wäre es euch wahrscheinlich lieber, wenn man euch gewöhnliches grobes Futter gäbe und euch in eurem Pferch in Ruhe ließe."
Aber schon sah er die Sache wieder von seiner eigenen Position aus und erwiderte sich selbst:

„Nein, es gibt ganz eindeutig eine edlere Sicht des Daseins! In Ehren zu leben, vorzüglichst behandelt zu werden, elegant gekleidet in einer Kutsche zu fahren, auch wenn man jeden Augenblick in Ungnade fallen und hingerichtet werden kann. Das ist das edle, wenn auch unsichere Schicksal, welches ich mir ausgesucht habe."
Damit entschied er sich gegen den Standpunkt der Schweine und für seinen eigenen, für sich und gleichermaßen auch für die Schweine.
Was für ein Glück hatten doch diese Schweine, deren Dasein veredelt wurde von einem, der ein staatlicher Amts- und Würdenträger und zugleich Priester war.

Dschuang Dsi (369 – 286 v. Chr.)

71. Glück im Unglück

In der Nähe der nördlichen Grenze des Fürstentums von Liu An lebte einst ein alter Mann, der es verstand, das Schicksal vorherzusagen.
Eines Tages entlief ihm sein Pferd über die Grenze. Die Nachbarn und Freunde wollten ihn trösten, er aber sagte:
„Warum sollte dieses Missgeschick nicht auch Glück bringen können?"
Einige Monate später kam das entlaufene Pferd wieder aus dem Norden zurück, gefolgt von einem wei-

teren, ganz ausgezeichneten Pferd. Alle gratulierten dem Alten zu diesem Glück. Dieser aber sprach:
„Warum sollte dieses Glück nicht auch Unglück bringen?"
Der Alte schenkte das zugelaufene Pferd seinem Sohn. Dieser ritt gern auf dem schönen Tier aus. Doch eines Tages stürzte er vom Pferd und brach sich ein Bein. Die Bruchstelle wuchs auch nicht wieder richtig zusammen, weshalb der Sohn hinkte. Wieder wollten Nachbarn und Freunde den Alten über das Unglück hinwegtrösten, der aber sagte:
„Warum sollte dieses Missgeschick nicht auch Glück bringen können?"
Etwa ein Jahr nach dem Unfall des Sohnes wurde das Grenzgebiet des Fürstentums zum Norden von Feinden überfallen. Alle jungen Leute in der Gegend mussten in den Krieg ziehen – keiner von ihnen kehrte wieder nach Hause zurück, alle waren gefallen.
Da der Sohn des Alten hinkte, wurde er nicht zu den Soldaten eingezogen. Er blieb bei seinem Vater und am Leben.

Liu An (179 – 122 v. Chr.)

72. Wahrheit und Lüge

Der Kanzler Zhao Gao hatte die Absicht, sich widerrechtlich des kaiserlichen Thrones zu bemächtigen. Da er aber den Unwillen und Widerstand der übrigen Beamten am Hof fürchtete, wollte er prüfen, auf wen er im Falle seines Staatsstreiches zählen könne.

So begab er sich eines Tages mit einem Hirsch zum zweiten Kaiser der Qin-Dynastie, um diesem das Tier zu schenken.

„Hier überreiche ich Euch ein Pferd", sagte der Kanzler.

Der Kaiser entgegnete schmunzelnd:

„Kanzler, Ihr irrt offensichtlich. Dies hier ist kein Pferd, sondern ein Hirsch!"

Da fragte Zhao Gao die anwesenden Beamten, was er wohl mitgebracht habe, einen Hirsch oder ein Pferd? Manche der Würdenträger gaben aus Angst keinen Ton von sich. Andere, die sich bei Zhao Gao einschmeicheln wollten, sagten, dass es sich um ein Pferd handele. Nur einige wenige stellten klar:

„Dies hier ist ein Hirsch!"

Nachdem der Kanzler gegen den Kaiser geputscht hatte, verleumdete er die Beamten, die bei der Wahrheit geblieben waren, ließ sie insgeheim verfolgen und ihrer Existenz berauben.

Sima Qian (145 – 87 v. Chr.)

73. Die verhinderte Tötung eines Vogelwächters

Fürst Jing aus dem Staate Qi war ein Liebhaber schöner Vögel. Er besaß eine ansehnliche Vogelsammlung und -zucht, für die sein Bediensteter Zhu Chu verantwortlich war.

Als Zhu Chu einmal nicht aufmerksam genug war, entwischte ein Tier aus dem Vogelkäfig. Fürst Jing bemerkte den Verlust, war darüber äußerst erzürnt und wollte Zhu Chu töten lassen.

Davon erfuhr der Kanzler Yan Zi, ging zum Fürsten und sprach:

„Lasst mich bitte vorher das Verbrechen von Zhu Chu bewerten, bevor Ihr die Todesstrafe über ihn verhängt – sofern sein Vergehen denn so schwerwiegend ist."

„Nun gut", antwortete der Fürst ein wenig unwillig.

So ließ der Kanzler Zhu Chu kommen und zählte in Gegenwart des Fürsten die Vergehen des Vogelwärters auf:

„Du pflegst und bewachst für unseren Fürsten die Vögel, aber wegen Deiner Unvorsichtigkeit konnte ein wertvoller Vogel entweichen; dies ist Dein erstes Verbrechen! Unser Fürst wird nun einen Menschen töten lassen, nur weil dieser einen Vogel hat entkommen lassen; dies ist Dein zweites Verbrechen! Wenn die Menschen des Staates Qi von dieser Sache erfahren, dann werden sie glauben, unserem Fürsten sei ein Vogel wichtiger als ein Mensch, und ihn nicht mehr achten und ehren; das ist Dein drittes Verbrechen!"

Nach seiner Rede bat der Kanzler den Fürsten, Zhu Chu nicht zu verurteilen. Der Fürst antwortete: „Kanzler, Du hast recht gesprochen, ich will den Vogelwärter nicht mehr töten lassen."
So wurde Zhu Chu freigelassen und der Fürst entschuldigte sich für sein unangemessenes Verhalten.

Yan Zi (578 – 500 v. Chr.)

74. Die Entlassung eines Beamten

Der Kanzler Yan Zi des Staates Qi beabsichtigte, seinen untergeordneten Beamten Gao Rao zu entlassen. Yan Zis Vertraute rieten ihm aber davon ab:
„Gao Rao hat Euch drei Jahre lang gedient und ist nie zu tadeln gewesen. Außerdem habt Ihr ihn in dieser Zeit nicht befördert. Ist es da gerecht, ihn jetzt zu entlassen?"
„Ich bin weder besonders talentiert noch sehr gebildet", erwiderte Yan Zi, „deshalb bin ich auf die Loyalität und Unterstützung meiner Beamten angewiesen. Es ist richtig, dass Gao Rao nun drei Jahre bei mir ist, und er hat mich in dieser Zeit noch nicht einmal auf einen Fehler von mir aufmerksam gemacht. Eben deshalb werde ich ihn entlassen."

Yan Zi (578 – 500 v. Chr.)

75. Ein verhinderter Beamter

Einst lebte in der Gegend von Zhou ein Mann, der gern Beamter geworden wäre, aber stets den geeigneten Zeitpunkt für einen Eintritt in diesen Stand verpasst hatte. Nun war er alt und weinte eines Tages bitterlich auf einer Bank am Wegesrand.

„Warum weint Ihr so sehr?", fragte ihn ein vorbeigehender Wanderer.

„Ach, mehrmals wollte ich mich um eine Position als Beamter bewerben", sagte der Mann, „doch nie hatte ich dazu Gelegenheit. Nun, hoch an Jahren, trauere ich den verpassten Gelegenheiten nach."

„Warum aber hattet Ihr nie Gelegenheiten?", fragte der Wanderer nach.

„Als ich jung war, bemühte ich mich, mir Bildung anzueignen, um das Amt eines Zivilbeamten ausüben zu können. So erwarb ich zwar Bildung, aber keine Beamtenstelle, denn der damalige Kaiser stellte lieber ältere Männer ein. Nach dem Tod des Kaisers gab dessen Nachfolger dem Militärwesen den Vorrang. Also studierte ich Militärwesen und Kriegskunst. Als ich dies alles beherrschte, starb auch dieser Herrscher.

Heute nun haben wir einen jungen Kaiser, der vorzugsweise junge Menschen in seine Dienste nimmt. Deshalb hatte ich nie in meinem Leben Gelegenheit, ein Beamter zu werden."

Wang Chong (100 – 27 v. Chr.)

76. Eine bemerkenswerte Idee des Kanzlers des Staates Qi

Im Staate Qi lebten einst zwei angesehene hohe Beamte, der eine war Kanzler und der andere Vizekanzler. Sie hatten Erfahrungen beim Staatsdienst unter mehreren Dynastien erworben und meinten, für die jeweiligen Herrscher unverzichtbar zu sein.
Eines Tages befahl der König von Qi, die Residenz in eine andere Stadt zu verlegen. Dabei musste unter anderem eine gewaltige Glocke aus Bronze mitgenommen werden, die etwa 5000 Pfund wog.
Eigentlich wären zum Transport der Glocke mindestens 500 Männer erforderlich, jedoch verfügte der König nicht über so viele Transportarbeiter. Die niederen Beamten, die für den Umzug zuständig waren, wussten weder aus noch ein und wandten sich um Hilfe an den Vizekanzler. Dieser konnte aber auch nicht helfen und bat den Kanzler um einen Rat, wie die Glocke zu transportieren sei.
Dieser sagte lange nichts, dann aber sprach er:
„Ha, Vizekanzler, kannst Du so eine einfache Aufgabe nicht selbst erledigen?" Dann befahl er den niederen Beamten:
„Dem Gewicht der Glocke nach müssten etwa 500 Arbeitskräfte die Glocke tragen. Da wir so viele nicht haben, lasst die Glocke sogleich in 500 Stücke zerschlagen und dann von einem Arbeiter 500 Tage lang in die neue Residenz bringen!"

Mit großer Freude hörten die niederen Beamten diesen Ratschlag des Kanzlers. Ein vorbeiziehender Wanderer, der den Vorschlag gehört hatte, meinte aber:
„Eine derart bemerkenswerte Idee konnten sich die einfachen Beamten wirklich nicht ausdenken, die konnte nur vom Kanzler kommen. Er hat aber dabei vergessen zu bedenken, welch große Mühen man in der neuen Residenz aufwenden muss, um aus den Bruchstücken wieder eine neue Glocke zu gießen!"

Su Shi (1037 – 1101)

77. Der kluge Beamte von Pucheng

In der an sich friedlichen Stadt Pucheng wurden mehrere Diebstähle begangen. Der für die Aufklärung zuständige Kreisbeamte Chen Shugu konnte einige Verdächtige verhaften lassen, war aber nicht in der Lage, die Taten einem der Anzuklagenden nachzuweisen. So griff er zu einer List und sprach zu ihnen:
„In unserem Tempel hängt eine Glocke, die Räuber und Diebe sehr genau von ehrlichen Menschen zu unterscheiden vermag. So kann ich leicht feststellen, wer von Euch ein Dieb ist."
Gleich danach ließ er die Glocke in den Hof der Kreisverwaltung tragen, brachte selbst die Verdächtigen direkt an die Glocke und sagte:
„Berührt ein ehrlicher Mann die Glocke, läutet sie

nicht, wenn aber ein Dieb sie betastet, dann läutet sie."

Nun führte Chen Shugu seine Amtskollegen vor die Glocke und betete gemeinsam mit ihnen voller Ehrerbietung, damit die Glocke ihnen bei der Wahrheitsfindung helfe. Anschließend verbarg er die Glocke hinter einem leichten Seidenvorhang und bestrich sie heimlich mit Tusche.

Nun forderte Chen Shugu die Verdächtigen auf, einer nach dem anderen möge eine Hand hinter den Vorhang strecken und die Glocke berühren. Sobald die Verhafteten die Hand hinter dem Vorhang wieder hervorzogen, untersuchte er diese genau. Dabei stellte sich sehr schnell heraus, dass einer der Verdächtigen keine Tusche an seiner Hand hatte.

Dieser wurde nun sogleich einem strengen Verhör unterzogen und gestand die Diebstähle. Seine große Angst vor der Glocke hatte dazu geführt, dass er sie nicht berührt hatte.

Shen Kuo (1031 – 1095)

78. Der geizige Alte

Zur Zeit der Han-Dynastie lebte ein reicher, kinderloser Alter. Er war nicht nur schlechthin sparsam, sondern sehr geizig. Seine Kleidung war aus grobem Tuch gewebt und seine Mahlzeiten kärglich. Vom frühen Morgen an bis spät in die Nacht bewirtschafte-

te er seinen Bauernhof und hatte nichts anderes im Sinn als das Anhäufen von Reichtümern. Besonders das Ausgeben von Geldstücken – sei es auch nur eine Kupfermünze – ging ihm gegen den Strich.
Hin und wieder kam ein Nachbar zu ihm, um sich etwas Geld von ihm zu leihen. Wenn es sich nicht vermeiden ließ, ging der Alte in sein Zimmer und nahm zehn Kupfermünzen. Auf dem Rückweg zog er bei jedem Schritt jeweils eine Münze ab, so dass nur noch fünf Münzen in seiner Hand waren, wenn er wieder an der Tür anlangte. Mit schmerzhaft zusammengekniffenen Augenlidern reichte er dem Bittsteller die Münzen, wobei er ihm mehrfach einschärfte:
„Ich leihe Dir mein gesamtes Geld! Sprich bitte mit niemandem darüber, sonst werden auch andere zu mir kommen und mich um Geld bitten."

Als der Alte starb, nahm die örtliche Behörde all sein Land und sein Haus an sich und auch sein Geld wurde in die Staatskasse gegeben, er hatte ja keine Erben.

Han Dan Chun (ca. 132 – 221)

79. Ein Kaufmann, der sein Versprechen nicht hielt

Ein reicher Kaufmann aus Jiyin, der sich auf einer Handelsreise befand, musste eines Tages einen Fluss mit einer starken Strömung und vielen Untiefen überqueren. Dabei kenterte das Boot und er stürzte ins Wasser.

Voller Angst klammerte er sich an ein Bündel Stroh, welches mit ihm aus dem Boot gefallen war, und schrie um Hilfe. Die Rufe hörte ein Fischer, der seinen Kahn nahm, um dem Kaufmann zu Hilfe zu kommen. Als sich der Retter dem Verunglückten näherte, rief dieser voller Angst:

„Ich stamme aus einer bedeutenden Familie in Jiyin! Wenn Du mich rettest, dann schenke ich Dir einhundert Goldstücke!"

Der Fischer, der den Kaufmann auch ohne Belohnung gerettet hätte, zog diesen an Bord und brachte ihn ans Ufer. Der Gerettete gab ihm aber nur zehn Goldstücke.

„Ihr hattet doch versprochen, mir einhundert Goldstücke zu geben", sagte der Fischer. „Jetzt gebt Ihr mir für Eure Rettung nur zehn. Ist das gerecht?"

„Du bist doch nur ein einfacher Fischer", erwiderte der Kaufmann voller Hochmut, „wie viel Geld kannst Du denn täglich verdienen? Für Dich sind doch zehn Goldstücke so viel wie für mich einhundert. Bist Du denn damit nicht zufrieden, auf einmal zehn Goldstücke zu bekommen?"

Der Fischer nahm enttäuscht die zehn Goldstücke, erwiderte nichts und zog von dannen. Einige Zeit später befuhr der Kaufmann erneut mit einem Boot voller Handelswaren von Lüliang aus den Fluss stromabwärts. Wieder lief das Boot bei einer Untiefe auf ei-

nen Felsen, zerschellte und versank. Der Kaufmann trieb wieder zwischen Strudeln und Stromschnellen im Wasser und rief laut um Hilfe. Auch der Fischer stand vor seinem Haus am Ufer und beobachtete das Unglück. Ein Nachbar des Fischers kam und fragte diesen:
„Warum rettest Du den Mann da nicht, er wird im Wasser versinken!"
„Er ist ein Mann, der eine versprochene Belohnung nicht gegeben hat!", entgegnete der Fischer.
So sahen der Fischer und sein Nachbar ungerührt zu, wie der geizige Kaufmann erbärmlich im Fluss ertrank.

Liu Ji (1311 – 1375)

80. Gespräche mit Tieren

Während der Zhou-Dynastie lebte in einem einsamen Bergdorf ein Mann. Der mochte vor allem gern Pelzkleidung und vorzügliche Speisen.
Eines Tages wollte er sich einen wertvollen Mantel aus Fuchsfellen nähen. So ging er zu den Füchsen in die Berge und sprach mit ihnen über ihre Pelze, die er gern haben wollte.
Anschließend suchte er die Ziegen im Stall auf und sprach mit ihnen über ihr Fleisch, welches er gern verzehrt hätte.

Kaum aber hatte er seine Absichten ausgesprochen, flüchteten die Füchse auf die höchsten Berggipfel und die Ziegen versteckten sich im angrenzenden Wald. Er bekam keines der Tiere zu fassen.
Der Mann konnte zehn Jahre lang keinen Pelzmantel nähen und musste fünf Jahre lang auf Ziegenbraten verzichten.
Er hatte offensichtlich etwas falsch gemacht.

Fu Lang (? – ca. 390)

81. Ein Mönch und ein Sperling

Ein Sperber verfolgte einen Sperling. Obwohl sich der Sperling alle Mühe gab, seinem Verfolger zu entkommen, gelang es ihm nicht. In seiner Not, um sich zu retten, flog er in den Ärmel der Kutte eines Mönches. Dieser griff rasch in den Ärmel, fasste den Vogel mit einer Hand und rief erfreut:
„Gepriesen sei Buddha! Nun bekomme ich heute ein Stück Fleisch zu essen!"
Der Sperling fühlte diese neue Gefahr, schloss die Augen und rührte sich nicht mehr. Der Mönch glaubte, der Sperling sei vor Schreck gestorben, und wollte ihn zur Zubereitung auf einen Tisch legen.
Aber kaum hatte der Mönch seine Hand geöffnet, entwischte ihm der Sperling wieder.
Da sagte der Mönch:
„Gepriesen sei Buddha! Ich lasse Dich am Leben!"

Zhao Nan Xing (1550 – 1627)

82. Die Spinne und die Seidenraupe

„Du wirst immer gefüttert und bist immer gesättigt, bis zu Deinem Tode", sprach eine Spinne eine Seidenraupe an. „Dein hellgelbes Maul glänzt, Du spinnst kreuz und quer Seidenfäden und wickelst Dich darin fest ein. Aber eines Tages wirft Dich die Züchterin in siedendes Wasser und zieht aus Dir lange Fäden heraus. Nun bist Du tot. Deine Kunstfertigkeit bedeutet also nichts anderes als Deinen Selbstmord. Ist das nicht dumm?"

„Ich begehe zwar Selbstmord", erwiderte die Seidenraupe, „aber mit dem, was ich spinne, kann man wunderschön gemusterten Seidendamast weben. Sind nicht alle Festkleider der Beamten aus diesen Fäden gefertigt, die ich und meine Artgenossen gesponnen haben?

Du dagegen suchst mit ständig knurrendem Magen überall etwas zu fressen. Wie ich spinnst Du ja auch Fäden, webst kreuz und quer ein Netz und lauerst darin auf Beute. Kein Moskito, keine Bremse, keine Biene und kein Schmetterling können dem Tod entgehen, wenn sie in Dein Netz geraten sind. Du stillst Dir dann damit den Hunger. Deine Kunstfertigkeit ist wirklich außergewöhnlich, aber auch sehr brutal und egoistisch!"

Da sagte die Spinne:

„Denken wir an die anderen oder an uns selbst? Ich denke lieber an mich selbst."

Von den vielen Menschen auf dieser Erde würden wohl nur wenige lieber Seidenraupen als Spinnen sein.

Jiang Ying Ke (1553 – 1605)

83. Ein Mann und ein Tiger

Ein Mann aus der Gegend von Meng ging einmal in einem Löwenpelz im Freien spazieren. Ein Tiger erblickte ihn, vermutete in dem Mann einen Rivalen und rannte voll Überraschung davon, da er glaubte, in der Region der einzige Tiger zu sein. Der Mann aber glaubte, der Tiger hätte große Angst vor ihm.
Er ging nach Hause und prahlte mit seinem Erlebnis: Er allein habe einen furchtbaren Tiger in die Flucht geschlagen!
Am nächsten Tag hängte er sich einen Mantel aus einem Fuchsfell um, ging hinaus ins Freie und traf wieder auf den Tiger. Der aber lief nicht fort, sondern blieb stehen und starrte den verändert aussehenden Mann in seinem Fuchspelz an. Dieser war empört, dass der Tiger nicht wieder davonlief, und schalt ihn mit lauter Stimme.
Er tat dies so lange, bis der Tiger den Mann fraß.

Liu Ji (1311 – 1375)

84. Die Katze, die Mäuse und Hühner fing

Ein Mann aus dem Staat Zhao hatte ständig Ärger wegen der großen Verluste, die ihm die Mäuse in seinem Haus zufügten. Immer wieder fraßen sie an seinen Vorräten oder beschädigten seine Einrichtung.

Also machte er sich auf den Weg in die nahegelegene Stadt Zhongsan, um auf dem Markt eine Katze zu beschaffen. Er bekam auch eine Katze, jedoch wurde er vom Verkäufer des Tieres darauf aufmerksam gemacht, dass diese Tiere nicht nur Mäuse fingen, sondern darüber hinaus auch noch gern Hühner jagten. Dem Mann war das gleich, er nahm die Katze und ging mit ihr nach Hause.
Bereits nach einem Monat gab es in der Wirtschaft des Mannes weder Mäuse noch Hühner. Vor allem dem Sohn des Mannes war das nicht recht. Dass die Mäuseplage vorbei wäre, sei ja ganz gut, aber dass auch alle Hühner erlegt waren, gefiel ihm gar nicht.
„Warum gibst Du die Katze nicht zurück?", schlug der Sohn dem Vater vor.
„Du bist noch zu jung, um das alles gut abwägen zu können", entgegnete der Mann. „Gerade die Mäuse fügen uns doch immer wieder viel Schaden zu. Uns stört es weniger, dass wir keine Hühner mehr haben. Aber kämen die Mäuse zurück, würden sie wieder unsere Lebensmittelvorräte fressen, unsere Kleidung zernagen, die Wände unseres Hauses zerfressen und unsere Vorratsbehälter beschädigen. Wir müssten dann hungern und frieren. Das wäre doch schlimmer, als keine Hühner mehr zu haben. Warum also sollten wir die Katze zurückgeben?"

Liu Ji (1311 – 1375)

85. Es gibt keine guten Katzen mehr auf der Welt

Es lebte einmal ein Mann, der Mäuse über alles verabscheute. Ständig liefen sie in seinem Haus herum und machten ihm Scherereien. So gab er viel Geld aus, um eine gute Katze zu beschaffen.

Er wollte, dass es der Katze bei ihm gefiele und sie ihre Arbeit tue. Deshalb fütterte er sie mit köstlichem Fleisch und Fisch, gab ihr Sahne zu schlecken und ließ sie im Zimmer auf einer warmen Filzmatte schlafen.

Der Katze gefiel das. Sie konnte sich ohne Mühen satt fressen und saufen, im Warmen liegen und verspürte offensichtlich keine rechte Lust, Mäuse zu fangen. Ganz im Gegenteil, sie spielte sogar mit ihnen im Zimmer. So tanzten die Mäuse noch mehr im Haus herum als je zuvor.

Der Mann war darüber sehr verärgert und wollte von Katzen nichts mehr wissen. Er glaubte, dass es auf der Welt eben keine guten Katzen mehr gäbe.

Yue Jun (um 1816)

86. Die kranken Augen eines Hundes

Yu Gong litt einst an einer schlimmen Augenkrankheit und wollte deshalb einen Arzt konsultieren. Als er zur Tür hinausging, trat er versehentlich seinen Hund, der auf der Treppe vor der Tür lag, auf den

Hals. Der Hund sprang erschrocken auf und zerbiss seinem Herrn das Gewand.

Als Yu Gong beim Arzt ankam, zeigte er ihm das zerrissene Gewand. Der Arzt wollte ihn necken, indem er zu ihm sagte:

„Vielleicht leidet der Hund an einer Augenkrankheit? Sonst hätte er das Gewand wohl nicht zerbissen."

Yu Gong erkannte den Scherz des Arztes nicht. Nach Hause zurückgekehrt, dachte er bei sich: „Es schadet nichts, dass der Hund mein Gewand zerrissen hat; schlimm aber ist, dass er nachts mit den kranken Augen das Haus nicht mehr bewachen kann!"

So kochte er die Kräuter, die der Arzt ihm verschrieben hatte und gab sie zuerst dem Hund. Er selbst nahm nur ein paar Tropfen, die übrig blieben.

Yue Xue (?)

87. Die Fehlschüsse des Bogenschützen Hou Yi

Der Kaiser Taikang aus der Xia-Dynastie ließ einst den berühmten Bogenschützen Hou Yi auf eine Zielscheibe schießen, deren Zentrum einen Durchmesser von nur einem Zoll hatte. Der Kaiser befahl dem Schützen:

„Ziele genau ins Schwarze! Wenn Dein Pfeil trifft, dann erhältst Du als Belohnung zehntausend Goldstücke; wenn nicht, dann werde ich Dein Lehen von

eintausend Quadratmeilen einziehen."
Bleich vor Erregung und schwer atmend, zielte Hou Yi auf die Scheibe. Mit dem ersten Schuss traf er nicht und auch nicht mit einem zweiten.
Da fragte der Kaiser seinen Beamten Mi Ren:
„Hou Yi erzielte doch sonst nur Treffer. Warum verfehlt er heute, da es um Lohn oder Strafe geht, das Ziel?"
Mi Ren antwortete:
„Sein Pech rührt daher, dass er sich zu sehr um Gewinn oder Verlust sorgt. Die beiden Möglichkeiten spalten sein Inneres. Er denkt mehr ans Gewinnen als ans Schießen und dies beraubt ihn seiner Fähigkeiten. Wenn die Menschen sich nicht um reichen Lohn oder harte Strafe kümmern müssen, können viele ebenso hervorragende Schützen sein, wie es Hou Yi sonst ist."

Fu Lang (? – ca. 390)

88. Die Freude der Fische

Dschuang Dsi und Huizi schlenderten über einen Damm des Hao-Flusses. Dschuang sagte:
„Sieh nur, wie frei die Fische springen und sich munter im Wasser tummeln. Das ist ihre wahre Wonne."
Huizi erwiderte:
„Du bist kein Fisch; woher weißt Du da, was Fische glücklich macht?"

Dschuang antwortete:

„Du bist nicht ich; wie kannst Du da wissen, dass ich nicht weiß, was Fische glücklich macht?"

Huizi entgegnete:

„Wenn ich, der ich ja nicht Du bin, nicht wissen kann, was Du weißt, so folgt daraus, dass Du, der Du ja kein Fisch bist, nicht wissen kannst, was diese empfinden."

Dschuang sagte darauf: „Nun mal langsam! Kehren wir doch zu unserer ursprünglichen Frage zurück! Du wolltest wissen, woher ich weiß, was Fische glücklich macht? Der Art Deiner Frage zufolge weißt Du ganz offensichtlich, dass ich doch weiß, was Fische glücklich macht! Ich erkenne die Freude der Fische im Fluss durch meine eigene Freude beim Schlendern an eben diesem Fluss.

Dschuang Dsi (369 – 286 v. Chr.)

89. Der Moskito und der Tod eines Kahlköpfigen

In Südchina lebte einst ein Färber, der hatte schon lange Zeit einen vollkommen kahlen Schädel.

Eines Tages trug er mit seinem Sohn die gefärbten Stoffe zum Spülen ans Wasser. Danach wrangen beide die Stoffe aus, breiteten sie am Ufer zum Trocknen aus und machten sich auf den Heimweg. Die Sonne brannte schon den ganzen Tag unbarmherzig vom Himmel, weshalb der Färber schläfrig wurde und sich zu einer kurzen Rast in den Schatten eines Baumes legte. Die Tragetasche für die Stoffe rollte er zu einem bequemen Kopfkissen zusammen und legte sie unter seinen Kopf. Sein Sohn setzte sich neben ihn.

Da ließ sich ein Moskito auf dem kahlen Kopf des Färbers nieder, stach ihn und saugte sein Blut.

Der Sohn sah dies und schimpfte:

„Du Schmarotzer, was saugst Du das Blut aus meinem Vater!"

Er nahm einen schweren Knüppel und schlug mit aller Kraft auf den Moskito. Der flog aber auf, noch bevor der Hieb den Kopf des Vaters traf. Der Färber starb auf der Stelle.

Kumaraiiva (343 – 413)

90. Warum Qiu Jun einen Mönch schlug

Während eines Besuches in der Stadt Hangzhou, der Hauptstadt der Provinz Tschekiang, stattete Qiu Jun dem Mönch Shan einen Besuch ab. Dieser zeigte sich seinem Besucher gegenüber sehr hochmütig und herablassend.

Nach einer Weile kam der Sohn eines hohen Militärbeamten ebenfalls zu Shan. Diesem schritt der Mönch bereits auf der Freitreppe des Tempels entgegen und begrüßte ihn ehrerbietig. Qiu Jun fühlte sich durch

diese unterschiedliche Behandlung sehr verletzt.
Als der Sohn des Militärbeamten wieder gegangen war, fragte Qiu Jun den Mönch:
„Warum habt Ihr mich so hochmütig, den Sohn des Militärbeamten aber so ehrerbietig empfangen?"
Der Mönch entgegnete:
„Ehrerbietiges Empfangen bedeutet bei mir hochmütiges Empfangen, hochmütiges Empfangen dagegen bedeutet ehrerbietiges Empfangen."

Da wurde Qiu Jun zornig und schlug wie ein Berserker mit seinem Gehstock auf den Mönch ein, wobei er ausrief:
„Nimm es mir bitte nicht übel! Schläge bedeuten bei mir Nichtschlagen und Nichtschlagen bedeutet bei mir Schläge!"

Xu Wei (1521 – 1593)

91. Der Schatz aus dem Meer

Weit draußen im Südchinesischen Meer lag einst eine kleine Insel. Dort vermuteten die Menschen zahlreiche glänzende Schätze, weshalb das Eiland auch „Schatzberg" genannt wurde. Eines Tages fand ein Mann dort einen Edelstein von der Größe einer Murmel. Voller Freude über den Fund machte er sich auf dem Boot, mit welchem er gekommen war, wieder auf den Weg nach Hause.

Das Boot hatte aber kaum einhundert Meilen zurückgelegt, als sich ein mächtiger Sturm mit hohen Wellen erhob. Die Flutdrachen tauchten auf, umkreisten zornig das Schiff und verschwanden wieder im Wasser. Es war schrecklich, jeden Augenblick drohte das Boot zu versinken.
Der Schiffer des Bootes bedrängte den Mann:
„Die Flutdrachen wollen Deinen Schatz! Wirf ihn schnell ins Wasser, sonst werden wir wohl alle untergehen!"
Der Mann aber konnte sich nicht überwinden, den Edelstein zurück in die See zu werfen. Da aber auch er die Gefahren erkannte, wollte er sein Kleinod verstecken. So riss er sich ein Loch in seinen rechten Oberschenkel und stopfte den Edelstein hinein.

Sofort glätteten sich die Wellen und das Meer wurde ruhig. Ohne weitere Schwierigkeiten erreichten alle den heimatlichen Hafen.
Als aber der Mann in seinem Haus ankam, starb er an einem Geschwür in seinem rechten Oberschenkel.

Song Lian (1310 – 1381)

92. Der Flutdrachen aus der Residenz Luoyang

In den letzten Regierungsjahren des Kaisers Ai aus der Han-Dynastie herrschte in der Gegend um die Residenzstadt Luoyang eine entsetzliche Dürre. Die Pflanzen verdorrten auf den Feldern und sogar der große Kunming-See trocknete aus.

Da erinnerten Magier aus Luoyang die Alten, die mit der Regelung der öffentlichen Angelegenheiten in den umliegenden Dörfern von Luoyang betraut waren: „Am Südberg gibt es einen großen Teich. Dort versteckt sich ein übernatürliches Wesen, welches Wind und Regen herbeizuzaubern vermag. An dieses solltet Ihr Euch wenden, um die Dürre zu beenden."
„Wir wissen davon, aber wir sollten das nicht tun!", meinten die Alten. „Das ist einer der Flutdrachen! Auch wenn er Wind und Regen herbeizaubern kann, wird er uns danach noch größeres Unheil bringen!"
Die Magier aber beredeten die Leute in der Region: „Es herrscht eine so große Trockenheit, als würden wir in einem Ofen leben. Das ist doch wirklich schlimm genug, warum sollten wir in unserer Situation noch über andere böse Folgen nachdenken?"
So drängten die Menschen immer stärker, die Dürre zu beenden, und eines Tages wurden die Magier an den Teich gebracht. Sie beteten zum Flutdrachen und baten ihn herauszukommen, um ihre Sorgen und Nöte zu lindern.

Kaum hatten sie das Gebetsritual zum dritten Mal beendet, schlängelte sich der Flutdrache aus seiner Höhle heraus. Gleichzeitig erhob sich ein heftiger kalter Wind, der sogar die Schluchten des nahen Gebirges erschütterte. Kurz danach brach noch ein Gewittersturm los, durch den die Bäume der Gegend entwurzelt wurden, und es regnete drei Tage lang ohne Unterbrechung. Die Flüsse Xi, Luo, Chan und Jian traten über ihre Ufer und überschwemmten die Felder der Menschen.

Die Residenz Luoyang wurde von einer schrecklichen Naturkatastrophe heimgesucht. Nun erkannten alle ihren Fehler und bereuten, nicht auf den Rat der Alten gehört zu haben. Aber es war zu spät.

Liu Ji (1311 – 1375)

93. Der neunköpfige Vogel

Auf dem Berg Nieyao nistete einst ein Vogel, der neun Köpfe hatte. Jedes Mal, wenn er etwas Futter erhascht hatte, stritten sich die neun Köpfe darum und hackten aufeinander ein, dass die Federn flogen. Am Ende hatte keiner etwas, aber alle hatten blutige Wunden.
Das sah ein Meeresvogel. Er lachte über die neun Köpfe:
„Warum bedenkt ihr nicht, dass alles, was eure Schnä-

bel aufpicken, in denselben Magen kommt? Ist es da nicht vollkommen sinnlos, sich zu streiten?"

Liu Ji (1311 – 1375)

94. Die Beratung des Fürsten

Der Einsiedler Xu Wugui war einer Einladung des Fürsten Wu gefolgt. Dieser freute sich und sprach: „Schon lange wollte ich Euren Rat erbitten. Sagt mir doch, ob ich richtig vorgehe. Ich will mein Volk lieben und durch Ausübung von Gerechtigkeit dem Krieg ein Ende bereiten. Ist das zu billigen?"
„Nein, durchaus nicht", sagte der Einsiedler. „Eure Liebe zu Eurem Volk bringt es in tödliche Gefahr. Eure Ausübung von Gerechtigkeit kann nur eins zur Folge haben: immer neue Kriege!
Eure hochfliegenden Pläne werden im Chaos enden! Wenn Ihr etwas Großes vollbringen wollt, dann täuscht Ihr Euch nur selbst. Eure Liebe und Gerechtigkeit sind trügerisch. Sie sind nur Vorwände für anmaßendes Auftreten und aggressive Übergriffe! Eine Aktion löst nur eine andere aus, und in der Folge der Ereignisse werden Eure verborgenen Absichten klar erkennbar werden.
Ihr behauptet, Gerechtigkeit zu üben. Sollte Euch dies dem Schein nach gelingen, wird eben daraus noch mehr Streit erwachsen. Wozu all diese Wachen,

die am Palasttor, rings um den Tempelaltar und an allen Ecken aufgestellt sind?
Ihr liegt im Krieg mit Euch selbst! Ihr glaubt nicht an Gerechtigkeit, sondern nur an Macht und Erfolg! Wenn Ihr einen Feind bezwingt und sein Land annektiert, werdet Ihr noch weniger inneren Frieden haben als jetzt. Eure Leidenschaften werden Euch nicht ruhen lassen. Ihr werdet erneut kämpfen, immer wieder, um einer noch vollkommeneren Ausübung von ‚Gerechtigkeit' willen!
Gebt Euer Vorhaben auf, ein ‚liebevoller' und ‚gerechter' Herr sein zu wollen. Versucht den Forderungen innerer Wahrheit zu entsprechen. Hört auf, Euch selbst und Euer Volk mit diesen fixen Ideen zu verfolgen! Euer Volk will endlich frei atmen. Es wird leben und der Krieg von selbst enden!"

Dschuang Dsi (4. – 3. Jh. v. Chr.)

95. Konfuzius schlichtet einen Streit zwischen Vater und Sohn

In der Zeit, zu der Konfuzius als Richter im Staat Lu tätig war, kamen ein Vater und sein Sohn zu ihm, um sich gegenseitig zu verklagen.
Der Vater beschuldigte seinen Sohn, ihm gegenüber nicht ausreichend Respekt, Ehrfurcht und Sohnesliebe zu zeigen, während der Sohn seinem Vater unbe-

herrschtes und tyrannisches Verhalten vorwarf. Beide stritten sich sehr vor Konfuzius und erhofften von ihm kurzfristig ein Urteil im jeweils eigenen Sinn.

Konfuzius ließ sich aber nicht zu einem übereilten Urteil drängen, sondern sperrte die beiden in eine gemeinsame Zelle ein, ohne sich weiter um den Streit zu kümmern.

Nach drei Monaten verlangte der Vater Konfuzius zu sprechen, da er eine einvernehmliche Lösung mit seinem Sohn habe und sich beide deshalb für ein Zurückziehen ihrer Klagen entschieden hätten. Konfuzius entließ Vater und Sohn sofort aus der Haft.

Mit dieser Entscheidung des Richters waren jedoch einige Minister des Staates Lu nicht einverstanden. Sie beschuldigten Konfuzius, die von ihm selbst stets gewürdigten Regeln zu Respekt, Ehrfurcht und Nächstenliebe mit seiner Entscheidung nicht respektiert zu haben. Der Gerechtigkeit sei nicht entsprochen worden und das zweifellos unangemessene Verhalten des Sohnes sei relativiert worden.

Es wäre für Konfuzius tatsächlich nicht schwierig gewesen, den Sohn entsprechend den Regeln der Gesetze wegen Respektlosigkeit, mangelnder Ehrfurcht und fehlender Sohnesliebe einsperren zu lassen.

Er hatte den Sachverhalt jedoch vollständig und bis zu Ende gedacht: Wäre der Sohn zu einer längeren Haftstrafe verurteilt worden, hätte der Vater als Sieger des Prozesses vor Gericht gegolten. Welche Folgewirkungen wären aber aus dieser Situation entstanden? Mit der Länge der Haftzeit würde sich die Mutter des Sohnes Sorgen und Vorwürfe gemacht haben und nahe Verwandte der Familie hätten dem Vater für den Rest seines Lebens Herzlosigkeit gegenüber seinem Sohn nachgesagt. Der Vater selbst hätte so im Laufe der Zeit sein Verhalten selbst bereut. Damit hätte die an sich legitime Inhaftierung des Sohnes zu einer dauerhaften Schädigung des Familienlebens geführt, die weder im Interesse des Vaters noch des Sohnes gewesen wäre. Niemand in der Familie hätte einen Nutzen von einer solchen Regelung gehabt.

Mit der Inhaftierung der beiden in einer Zelle dagegen mussten sich die Streitenden beruhigen und konnten im direkten Dialog unter Berücksichtigung der Gesamtverhältnisse in der Familie ihren Streit selbst schlichten. Mit dem Einsperren beider hatte Konfuzius die Bedingungen für eine einvernehmliche und dauerhafte Lösung des Problems geschaffen, denn eine unüberlegte Parteinahme für einen der Kläger hätte nur eine Vertiefung der Auseinandersetzung zwischen Vater und Sohn zur Folge gehabt.

Konfuzius (551 – 478 v. Chr.)

96. Der königliche Mensch

Mein Meister sprach: „Das, was auf alles einwirkt und sich in nichts einmischt – ist der Himmel ..."
Der königliche Mensch erkennt das, verbirgt es im eigenen Inneren, wird grenzenlos, weitherzig, zieht alles an sich.
Und so belässt er das Gold verborgen im Berg und die Perle in der Tiefe des Meeres. Güter und Besitz sind in seinen Augen kein Gewinn, von Reichtum und Ehre hält er sich fern.
Ein langes Leben ist kein Grund zur Freude, ein früher Tod kein Grund zur Trauer.
Für ihn ist Erfolg nichts, worauf man stolz sein kann, und Misserfolg keine Schande.
Verfügte er über alle Macht der Welt, er hielte sie nicht für sein Eigentum, und eroberte er alles, er ergriffe nicht Besitz davon.
Was ihn auszeichnet, ist das Wissen, dass alle Dinge in *einem* zusammenfinden und Leben und Tod gleich sind.

Dschuang Dsi (369 – 286 v. Chr.)

97. Drei Könige

Der König des Südmeeres hieß „Handle nach Deinem Gefühl". Der König des Nordmeeres wurde „Handle schnell" gerufen. Der König der Region zwischen den beiden aber war „Ohne-Form".
Nun gingen der König des Südmeeres und der König des Nordmeeres oftmals zusammen in Ohne-Forms Land. Der behandelte sie sehr zuvorkommend.
Darum berieten sich die Könige des Nord- und Südmeeres miteinander und dachten sich für Ohne- Form zum Zeichen ihrer Anerkennung einen guten Dienst aus.
„Die Menschen", sagten sie, „haben sieben Öffnungen zum Sehen, zum Hören, zum Essen, zum Atmen und so weiter. Aber Ohne-Form hat keinerlei Öffnungen. Machen wir ihm doch ein paare Löcher!"
Also machten sie danach Löcher in Ohne- Form, eines pro Tag, sieben Tage lang. Und als die siebente Öffnung fertig war, war ihr Freund tot.

Lao-Tse sagte: „Systematisch gestalten heißt: zerstören."

Dschuang Dsi (369 – 286 v. Chr.)

98. Ein Bündel Pfeile

Achai, der Führer der Tuyuhun, hatte zwanzig Söhne. Eines Tages sagte Achai zu ihnen: „Jeder von Euch soll mir einen Pfeil holen!"
Er nahm die Pfeile und brach einen nach dem anderen und warf die Bruchstücke auf den Boden.
Dann sprach er zu seinem jüngeren Bruder Muliyan: „Hole Du einen Pfeil und zerbrich ihn!"
Wie ihm geheißen, zerbrach der Bruder den Pfeil.
Achai sagte erneut zu ihm: „Hole diesmal neunzehn Pfeile und zerbrich sie gemeinsam!"
Der Bruder konnte sie nicht zerbrechen.
Da sagte Achai:
„Ein Pfeil ist leicht zu brechen, aber wenn viele Pfeile zusammen sind, dann sind sie sehr schwer zu brechen. Erkennt Ihr das? Deswegen kann auch unser Staat erst gefestigt werden, wenn sich alle zusammenschließen und gemeinsam bemühen."

Wei Shou (506 – 572)

99. Zan Junmo fängt einen Pfeil mit dem Mund auf

Zum Ende der Sui-Dynastie lebte ein hervorragender Bogenschütze namens Zan Junmo. Selbst wenn er die Augen schloss, konnte er gut und sicher treffen. Wohin er auch schoss, seine Pfeile trafen ihre Ziele. Wollte er auf ein Auge schießen, dann traf er es, wollte er auf den Mund schießen, traf er ihn.

Es gab noch einen weiteren Mann mit Namen Wang Lingzhi, der bei Zan Junmo das Bogenschießen erlernte.

Bald glaubte dieser, alle Fertigkeiten des Bogenschießens vollkommen erlernt zu haben und geschickter zu sein als sein Meister. Er beabsichtigte nun, Zan Junmo zu erschießen, um allein über die erstaunlichen Fertigkeiten des Bogenschießens zu verfügen.

Eines Tages schoss er unversehens auf Zan Junmo. Augenblicklich aber nahm dieser ein Messer in die Hand und fing damit die Pfeile auf, die Wang Lingzhi auf ihn geschossen hatte.

Den letzten Pfeil aber fing er mit dem Mund auf und sagte lachend:

„Du hast zwar zwei Jahre lang bei mir das Bogenschießen erlernt, aber die Fähigkeiten, Pfeile mit dem Messer und dem Mund aufzufangen, habe ich Dich noch nicht gelehrt."

Der Meister hatte die Hinterlist und Tücke seines Schülers gut durchschaut.

Zhang Zhuo (ca. 660 – 740)

100. Der Tod des wasserspeienden Räubers

Ein Mann traf einmal auf einen Räuber. Die beiden Männer rangen miteinander auf Leben und Tod.

Kaum schlugen ihr Schwert und ihr Speer aufeinander, spuckte der Räuber plötzlich Wasser, das er im Mund versteckt gehalten hatte, auf das Gesicht des Mannes. Der Mann war verblüfft und wurde im selben Augenblick von dem Räuber mit dem Schwert in der Brust durchbohrt.

Einige Zeit später begegnete der Räuber einem anderen Mann, der jedoch von der Hinterlist des Räubers gehört hatte. Der Räuber wollte erneut Wasser spucken, aber in diesem Augenblick stach ihn der Mann mit dem Speer rasch in den Hals. Der Räuber musste fliehen.

Das Geheimnis des Räubers sprach sich schnell in der Gegend herum. Da er sich aber weiterhin auf seine Methode verließ und immer unvorsichtiger wurde, konnte er eines Tages gestellt und getötet werden.

Shen Kuo (1031 – 1095)

***

OI Prof. em. Dr.-Ing. habil. Univ.-Prof. h. c. (CN) Klaus Lochmann,
Jahrgang 1945, lehrte nach 30-jähriger Führungstätigkeit in der deutschen und europäischen Industrie Fertigungstechnik und Produktionssystematik an der Fachhochschule Jena (heute Ernst-Abbe-Hochschule) und der Beijing Information Science & Technology University / Institute of Machinery.

Dr.-Ing. Ran Zhang,
Jahrgang 1980, studierte an der Beijing Information Science & Technology University / Institute of Machinery und der Fachhochschule Jena Maschinenbau. Anschließend war er als wiss. Assistent an der Hochschule in Jena und an der Technischen Universität Chemnitz tätig. Seit 2015 arbeitet er in einer namhaften Maschinenbaufirma im Raum München.